PRÉCOURT.

PRÉCOURT,

ou

LE FILS PERDU

ET RETROUVÉ ;

Par Madame MAURER,

AUTEUR DES INCONVÉNIENS DU CÉLIBAT, etc.

Rien ne nous donne autant de droit à la
tendresse et au respect de nos enfans,
comme d'avoir su les mériter.

TOME QUATRIÈME.

A PARIS,

CHEZ BÉCHET, LIBRAIRE, QUAI DES GRANDS-
AUGUSTINS, N°. 57.

1818.

PRÉCOURT,

ou

LE FILS PERDU

ET RETROUVÉ.

CHAPITRE PREMIER.

Ma mère écrivit au prince une lettre telle qu'on se la croit permise avec un homme à qui on a tenu de si près ; elle n'en reçut d'autre réponse que la défense de la récidive, sous la peine de voir rompre entièrement ses rapports avec nous. Il ajoutait : Au moindre mot de sa part ou de la vôtre, la pension de Margeline sera supprimée. Ma mère sentit enfin que, dans ce cas, c'était l'histoire du pot de terre contre le pot de fer ; elle s'emporta en invectives contre les hommes en général, qui ne vinrent point aux oreilles de celui que nous avions tant d'intérêt de ménager encore.

Cependant, comme cette pension m'était absolument personnelle, je pris assez sur moi pour faire entendre à ma mère que je voulais me conduire de manière à ne pas donner au prince de prétexte pour m'en priver, en menant une vie trop dissipée ; que je croyais nécessaire de me restreindre pendant quelque temps à l'espèce de solitude qu'il m'imposait chez lui, ne doutant nullement qu'il ne me fît observer de très-près. Ma mère murmura de ce qu'elle appelait une précaution bien superflue, puisque sans doute le prince ne pensait plus à moi. Qu'il ne veuille pas entendre parler de vous, est une chose toute simple, puisque cela lui rappellerait tous les

attentats dont il s'est rendu coupable
envers vous comme envers moi ; mais
hors de là , comptez qu'il vous oubliera
très-parfaitement.

Je dois le souhaiter, lui dis-je ; mais
ce souhait est bien pénible pour mon
cœur ! Puis-je oublier seize années de
bonheur et la tendresse infinie que je
portais à celui à qui je les devais ?
Malgré ses torts , je sens toujours qu'il
fut mon père.

J'avais conservé ma femme de chambre ; elle me plaisait bien moins que
Lisa , que je n'osais reprendre de peur
de déplaire au prince ; l'autre s'était
ménagé ses entrées dans le palais :
sans la questionner , je savais tout ce
qui s'y passait. Les lieux où j'avais
passé mes premières années m'étaient
encore bien chers ! Je n'appris pas
sans inquiétude que le prince , tout
à fait rétabli des suites de notre af-

freux combat , avait mandé mon
beau-père , et qu'ils avaient eu une
fort longue conférence ensemble, dont
ce dernier nous fit un mystère ; je
devais donc avoir l'air de l'ignorer.
D'après ce que j'ai dit du caractère de
ma mère , nous étions continuellement à la gêne , et tourmentés par de
nombreux créanciers. Jugez d'après
cela , ma chère Adélaïde , dit-elle à
madame Précourt , si j'ai dû com-
pâtir à vos peines , lorsque vous me
parliez du désordre qui régnait dans
les finances de vos parens! Malgré mes
continuelles réclamations, le quartier
de ma pension se trouvait absorbé à
l'avance. Plus je mettais d'économie
dans mes dépenses personnelles, plus
ma mère mettait de prodigalité dans
la sienne , de manière que nous étions
sans cesse en discorde sur ce point.
Mon beau-père , de son côté , avait

tous les vices qui accélèrent la ruine d'une maison : il était joueur, débauché et libertin. Malgré cela, ma mère conserva jusqu'à sa mort la plus tendre amitié pour lui, quoiqu'il la traitât fort mal dans ses accès de mauvaise humeur. Que les êtres vicieux se recherchent ; cela paraît tout naturel ; mais qu'ils profanent la sainte amitié jusqu'au plus entier dévoûment, c'est ce que je ne puis comprendre, et qui n'existe pas moins. J'en pourrais citer plus d'un exemple, autre que celui dont j'ai été le témoin et la victime.

Ce n'était point assez pour mon malheur d'avoir allumé des feux impurs dans l'âme de celui qui m'avait donné l'existence ; je ne tardai pas à m'apercevoir que j'étais une seconde fois la rivale de ma mère. D'abord Valeri approuva fort mes projets de

solitude ; il blâma hautement ma mère
de vouloir me faire partager ses in-
sipides plaisirs, c'est ainsi qu'il les
nommait. Quand il me croyait seule ,
il revenait me faire compagnie ; il avait
assez d'esprit ; il chantait passablement ; nous faisions de la musique ; il
ne manquait jamais de prétexte pour
éloigner les domestiques ; je le sup-
portais, sans prendre pour lui des sentimens plus favorables. Les impres-
sions de l'enfance s'effacent difficilement ; cependant, vivant sous le même
toît, n'ayant point à m'en plaindre ,
je devais le traiter civilement ; il se
plaignait souvent de ma mère , et
rejetait sur elle tous les torts qu'il se
donnait. Si elle vous eût ressemblé ,
Margeline , nous serions tous plus heureux. — Mais, lui dis-je un jour, est-
ce à vous de vous plaindre d'elle ?

vous qu'elle aime uniquement , vous
à qui elle a tout sacrifié ! — Nouvelle
preuve de sa légèreté , me dit-il. — Et
moi aussi , je l'ai bien aimée ; mais
j'ai su , au besoin , faire un bien plus
grand sacrifice.

Il ne me convenait pas de pousser
la conversation plus loin , et d'entrer
dans d'odieux détails : c'était bien
assez pour moi de ne pouvoir les ignorer entièrement.

Vous pouvez juger, mes enfans, de
l'insipidité de mon existence au milieu
d'êtres si peu faits pour m'inspirer les
sentimens que je leur aurais dus. J'étais
réduite à penser seule , à me mettre
continuellement en garde contre les
prévenances d'un homme détesté et
détestable sous tant de rapports. Ma
mère me faisait une guerre continuelle
sur ma manière de me comporter
avec son mari. De quoi pouvais-je

me plaindre ? j'élais cause des mauvais traitemens qu'elle en éprouvait.
Je lui dis un jour : Je ne me plains de
rien ; je le voudrais beaucoup moins
prévenant; il m'en coûte de ne pouvoir répondre à ses fatigantes attentions. Qu'il les porte sur vous, alors
je lui en saurai beaucoup plus de gré.
Ma mère ne me comprenait pas, et
n'a jamais pu me comprendre. Comment se fait-il que tant de distance
existe entre deux êtres qui s'appar-
tiennent de si près? Avec des formes
extérieures, une organisation à peu
près semblable d'où vient cette prodi-
gieuse différence entre les individus
du même sang, différence telle, que
celle qui sépare la brebis du lion ne
peut pas même être comparée ?

~~~~~~

CHAPITRE II.

A peu près deux années s'étaient écoulées, pendant le cours desquelles j'avais végété, dévorée d'ennui du présent et d'inquiétude sur l'avenir. Un capitaine de cavalerie, homme du premier mérite, avait trouvé le moyen de se faire recevoir chez ma mère comme aspirant à ma main; elle trouvait pourtant ce parti fort au-dessous de ce que je pouvais prétendre. Sur quoi fondait-elle mes prétentions? En vérité, je n'en sais rien. Quelque tort que cela dût lui faire dans l'esprit des gens raisonnables, elle faisait sonner bien haut mon titre de fille du prince; je rougissais pour elle et pour moi, toutes les fois qu'il lui plaisa.t d'en instruire ceux qui auraient pu l'ignorer. Ce fut donc une très-grande peine pour moi, lorsqu'elle se hâta de l'apprendre à Ladislas, ainsi se nommait l'homme qui avait jeté ses vues sur moi, et que je voyais avec plaisir. Il ne me parut nullement flatté de cette nouvelle ; cependant, réfléchissant qu'il n'avait pas dépendu de moi de choisir les auteurs de mes jours, il voulut bien passer par-dessus cette circonstance, et continuer ses visites sur le même pied. Ce fut à cette époque que Valeri eut avec le prince la conférence dont j'ai parlé plus haut.

Il avait grand soin que je ne me trouvasse jamais seule avec Ladislas. Il voyait clairement que je l'aimais, il en était excessivement jaloux ; il me faisait des scènes fort vives à ce sujet. Il allait jusqu'à m'accuser de manquer à la bienséance imposée à mon sexe,

par la manière dont je recevais ses
soins. Je souffrais tout dans l'espoir
d'être bientôt délivrée d'une surveil-
lance dont le motif ne pouvait m'é-
chapper. Ladislas ne s'y trompait pas
non plus ; mais l'aversion que j'avais
pour Valeri ne lui échappait pas davantage, et le rassurait sur le présent
et sur l'avenir.

Il tenta plusieurs fois de me faire
passer une lettre, mais j'étais trop bien
observée pour qu'elle vînt jusqu'à
moi; nous en étions réduits au langage des yeux. Je me défiais de ma
femme de chambre, de manière que
je parlais de mon amant avec une
sorte d'indifférence dont elle n'était
pas dupe. Elle me dit un jour : je ne
vous conçois pas, Mademoiselle, vous
vous défiez de tout le monde ; si peu
confiante à dix-huit ans, que serez-
vous donc à cinquante? Rien, Sylvie,

car j'espère qu'alors il y aura long-
temps que j'aurai cessé d'être. Belle
solution, me dit-elle ! pourquoi ne
faites-vous pas comme toutes les jeunes
personnes de votre âge ? au lieu de
vous confiner dans votre chambre
pour réfléchir à vous toute seule, que
ne mettez-vous quelqu'un dans votre
confidence ? moi, par exemple ; je
sais comme une autre garder un secret, ou le trahir au besoin pour
servir les intérêts de ceux qui me font
l'honneur de me croire digne de quelque confiance. — Je n'ai rien à t'apprendre que tu ne saches aussi bien
que moi : je ne suis point heureuse,
je ne le serai peut-être jamais ; il ne
dépend pas de moi de changer ma
triste position. — Triste, parce que
vous le voulez bien ; à votre place je
m'établirais chez moi et je vivrais
dame et maîtresse avec ma pension ;

et au lieu de me tourmenter comme vous l'êtes, on viendrait me faire la cour. Madame votre mère est toujours aux expédiens, et vous ne jouissez même pas du quart de votre revenu. — Je sais cela, Sylvie, mais voudrait-on me laisser prendre un parti aussi violent pour une jeune personne? Puis le prince voudrait-il me continuer ma pension ailleurs que chez ma mère? il la connaît assez pour ne pas douter que cette pension tourne bien plus à son profit qu'au mien. Je suis, comme tu vois, enchaînée de toute part. — Encore une fois, parce que vous le voulez bien. Soyez franche, aimez-vous M. Ladislas? — Mais.... je le vois...., avec plaisir.... — Ce n'est pas assez, il faut vous abandonner absolument à ses soins, lui seul peut vous tirer d'ici; il est très-bien avec madame, il va lui promettre beaucoup de choses qu'il tiendra s'il veut; ne mettez d'empêchement à rien, et croyez-moi, laissez-le faire.

Ces conseils s'accordaient trop bien avec mes sentimens pour ne pas les suivre de tout point; je laissai donc à ma mère le soin de stipuler mes intérêts, quand on en vint à traiter sérieusement l'affaire de mon mariage. Mon beau-père insista pour que je m'adressasse au prince pour obtenir son consentement. Mais, lui dis-je, vous savez sa défense ? — Ce n'est rien, me dit-il, le temps a passé l'éponge sur tout cela : d'ailleurs il vous aimait trop pour conserver une si longue rancune. — Mais s'il venait à me retirer ma pension, comme il m'en a menacée ? — Eh non ! cela n'est pas possible ; écrivez-lui, je me charge de lui faire tenir votre lettre. Je le connais mieux que vous toutes : j'en ai bien vu d'autres tout le temps que j'ai passé à son service ; il s'appaise aussi facilement qu'il s'irrite.

Ladislas joignit ses instances à celles de Valeri : ma mère fut du même avis ; je me rendis donc, quoiqu'avec une répugnance extrême, et j'écrivis ce qui suit :

« Si le plus indulgent des princes veut bien oublier les torts involontaires de la plus respectueuse des filles, et lui permettre de donner sa main à celui que ses parens ont choisi pour elle, il ne lui restera plus rien à désirer, que le plus généreux pardon sans lequel il n'est plus de bonheur pour l'infortunée Margeline. »

Je portai mon billet à ceux qui l'avaient exigé ; Ladislas se troubla extrêmement en le lisant. Il jeta sur moi un coup d'œil scrutateur, qui me troubla à mon tour au point que je faillis m'évanouir. Il vint à moi, me prit la main

en me disant : Pardon, Mademoiselle,
mais j'ai peine à concevoir que votre
conduite ait jamais été telle, qu'elle
nécessite de pareilles expressions. Je lui
serrai la main sans pouvoir lui répondre autrement que par des larmes qui
me suffoquaient. Je lus dans ses yeux
un sentiment de pitié, qui me fit grand
bien et grand mal ! Puis, me remettant
un peu, je lui dis : ne perdez pas de
vue que j'écris à un homme que le
rang et la fortune placent infiniment
au-dessus de moi, et que j'ai pu l'of-
fenser grièvement, sans être coupable
à d'autres yeux qu'aux siens, ni sans
éprouver aucun remords de ma conduite envers lui.

Je vis la sérénité renaître sur le front
de Ladislas ; il comprit peut-être une
partie de la vérité. Il sentit que ma
qualité de fille du prince ne pouvait
franchir la distance qui nous séparait ;

qu'elle me rendait son esclave sans me
donner les droits que les autres enfans
ont naturellement aux bontés et à la
fortune de leurs parens. Il vit que ma
première infortune était ma naissance,
et que dans une telle position il était
facile d'encourir sa disgrâce sans l'a-
voir méritée.

Il me serra les mains, qu'il tenait
dans les siennes, avec une extrême tendresse. Ses yeux sollicitèrent sa grâce,
et toutes les fois qu'il trouva le moyen
de m'adresser la parole, il me disait à
demi-voix : Pardon, chère Margeline,
que je suis malheureux ! Ma mère le
flattait sans cesse de l'espoir d'un pro-
chain avancement : elle lui vantait les
faveurs du prince ; cela ne paraissait
nullement le toucher. Chaque jour
nous attachait plus tendrement l'un à
l'autre ; et, sans nous parler, nous

4.   2

trouvions le moyen de nous dire bien
des choses.

Le consentement du prince arriva
enfin, il était conçu en ces termes :
« Margeline peut disposer de sa main ;
le pardon qu'elle sollicite dépend de sa
conduite ultérieure. »

Le Prince de S...

Deux jours avant mon mariage, je
reçus deux superbes corbeilles rem-
plies d'étoffes et de bijoux analogues à
la circonstance, plus une bourse con-
tenant mille louis, sur laquelle était
un petit papier écrit de la main du
prince, portant : *cette somme est pour
Margeline seule.* Ce peu de mots était
souligné.

Ma mère fulmina contre cette disposition ; nous l'appaisâmes, Ladislas et
moi, en lui faisant entendre que de-

vant vivre tous ensemble, il nous serait aisé de lui en faire partager l'avantage. Malgré nos vives représentations,
elle voulut que nous fussions mariés
avec éclat : les pauvres ouvrières tra-
vaillèrent jour et nuit pour employer
les belles étoffes qu'on m'avait en-
voyées. C'eût été, suivant elle, faire
insulte au prince, de ne pas s'em
parer le jour du mariage, auquel elle
invita plus de cent personnes. Ladislas
voyait combien j'étais contrariée de
tous ces apprêts, qui cadraient si mal
avec mes goûts, et avec ce que la raison aurait exigé ; il m'exhortait des
yeux à prendre patience, car il ne lui
était permis de se faire entendre autrement. Les mots de décence, d'usage,
de bienséance, étaient sans cesse dans
la bouche de Valeri. Je vous contrarie
pour le moment, me disait-il quelque-

fois, mais par la suite vous pourrez apprécier mes motifs.

Je me croyais trop près de la fin de mon esclavage, pour ne pas m'armer de courage : si près du terme, je me résignai; Ladislas faisait de même. Mais une fois à lui, il se promettait bien de parler en maître à mes sévères gardiens, et de les quitter à la première scène qu'ils se permettraient; il les connaissait assez pour deviner que notre séjour chez eux ne serait pas de longue durée; il était bien résolu alors de ne rien ménager. Sans avoir pu nous les communiquer, nos projets étaient les mêmes, puisque nos intérêts allaient être réunis.

~~~~~~

CHAPITRE III.

IL arriva enfin ce jour si désiré, et sur lequel nous fondions toutes nos espérances; il se passa dans le tumulte et dans la plus fatigante représentation. Ma mère répéta mille fois dans cette journée qu'on ne pouvait pas faire moins au mariage de la fille d'un prince. Mon beau-père m'avait conduite à l'autel; il ne quitta pas mes côtés un seul instant. Avec quelle impatience et quelle anxiété j'attendais la fin d'une fête que j'aurais prolongée bien au-delà du terme ordinaire, si j'eusse pu prévoir quelle en devait être l'issue!

Vers les dix heures du soir, Sylvie vint près de moi sous le prétexte de réparer le désordre de ma toilette, et

me dit tout bas : Au nom du ciel,
Madame , tâchez de vous échapper un
moment. — Je ne puis , lui dis-je
toute tremblante ; Valeri ne me perd
pas de vue.—Il le faut pourtant, et elle
disparut. Je saisis un instant où je me
crus moins observée par mon insupportable Argus , et je me sauvai à la
hâte dans mon appartement. Sylvie
m'y attendait ; elle me dit avec l'air
de l'effroi : Comme vous tardez , Madame ! tenez , lisez vîte , en me pré-
sentant un papier. — De quelle part ?
— Lisez donc vîte ; nous n'avons pas
de temps à perdre. Je brisai le cachet ;
et je lus : « Nous sommes perdus,
Margeline , si ton courage n'égale mon
amour ! On m'a fait d'odieuses pro-
positions ! Nous n'avons que la fuite
pour échapper au danger qui nous
menace ! J'ai promis tout ce qu'on a
voulu , pour me donner le temps de la

préparer. *A minuit,* une chaise t'attend
avec la fidèle Sylvie. Prends confiance
en elle ; elle m'a promis le secret ; elle
est aussi intéressée que nous à le garder. Feins une indisposition qui
t'oblige à te retirer , et demande d'être
seule quelques heures pour te remettre des fatigues de la journée. J'irai ,
comme les autres , m'informer de ta
santé ; et je feindrai à mon tour un
grand désespoir , et j'aurai l'air de
mettre sur ta répugnance à recevoir
mes soins , cette subite indisposition ;
je te proposerai de remettre mon bonheur de quelques jours. Ta réponse
m'indiquera l'heure à laquelle tu dois
échapper à tes cruels bourreaux.

» Je ne te suivrai pas ; je devrai
rester huit jours pour donner le change.
Sois sans inquiétude ; tu seras en mains
sûres ; je te rejoindrai le plus tôt possible. Compte sur mon amour pour

écarter tous les obstacles qui s'op-
posent à notre félicité. Nous fuirons,
s'il le faut, vers des antres sauvages
inconnus aux perfides humains qui
nous entourent ! N'emporte avec toi
ni argent, ni bijoux ; j'ai des moyens
de suffire à tout. Ne souillons pas nos
mains de ces horribles présens! Songe,
Margeline, qu'il y va de ma vie, et
que, si tu restes, je suis décidé à défendre mes droits jusqu'au dernier
soupir. »

LADISLAS.

Grands dieux ! que d'horreurs ! qui
m'assure que je ne vais pas me livrer
aux perfides qui méditent ma ruine,
que Ladislas lui-même....—Ah ! Madame, quel blasphême osez-vous proférer ! — Tout ce qui m'entoure
me semble les complices du prince
des ténèbres. Je resterai, Sylvie : ceci

n'est qu'un nouveau piége tendu à ma crédulité. Périssent les misérables acharnés à ma perte ! Qu'ils épuisent sur moi toute leur scélératesse, et que je sois la dernière victime immolée à leur barbarie.

Tandis que j'exhalais ma douleur par des imprécations, Sylvie était à mes pieds, me conjurant de ne pas me perdre avec celui que j'aimais. Songez, Madame, combien ceux qui vous persécutent, sont puissans. — Allons ! suivons donc aveuglément le destin qui m'opprime. La mort me servira de refuge contre ses noirs attentats. Je partirai ! Puisse la foudre tomber sur ta tête, si tu es de moitié dans d'affreuses trames !

Elle me fit mille sermens de son innocence. Si l'on vous trompe, Madame, je suis de moitié dans votre

4. 3

malheur. Un inconnu m'a remis ce
billet, en me disant : il y va de la vie
de ta maîtresse. Qu'elle le reçoive avant
dix heures ! en voilà bientôt onze, et
nous n'avons rien d'arrêté !

Je partirai, répétai-je avec force !
Prépare ce que tu crois nécessaire, et
fais prévenir ma mère que je ne puis
reparaître.

Ma mère, Valeri, Ladislas accou-
rurent au premier bruit de mon indisposition. Ah ! je n'avais pas besoin de
feindre ; j'étais demi-morte de frayeur
et d'indignation. Ladislas vint à moi
pâle et décoloré ; il me prit dans ses
bras. Ma chère Margeline, serais-je
assez malheureux pour que le moment
qui s'approche, vous cause d'assez
vives alarmes pour altérer votre santé
à ce point ? Au nom du ciel, calmez-
vous, et que mon bonheur se diffère

aussi long-temps que vous le croirez nécessaire à votre pleine et entière satisfaction.

—Ah ! pardonnez, lui dis-je , un sentiment de terreur dont je ne suis pas la maîtresse ; je vous aime , Ladis-las , assez pour m'abandonner entièrement à tout ce que vous avez le droit d'exiger de moi. Cet aveu ne peut plus blesser la décence ; cet aveu si long-temps retenu , me devient nécessaire en ce moment. Qu'il vous soit le gage de mon entière soumission à vos volontés. En vous seul reposent toutes mes affections , et , quoi que le destin me garde , *je ne changerai jamais*. J'appuyai avec force sur cette dernière phrase ; puis , je lui dis : Veuillez bien me laisser une heure de repos. *Lorsque minuit aura sonné* , je me rendrai à vos désirs. Il me tenait toujours tendrement serrée dans ses

3.

bras; il m'embrassa à plusieurs reprises avec une ardeur qu'il ne pouvait feindre. Vous le voulez, Margeline, je m'éloigne, mais bien à regret.
Si vous l'eussiez permis, je serais de-
meuré dans votre appartement sans
troubler en aucune manière le repos
que vous désirez, et dont je sens que
vous devez avoir besoin après une
journée aussi fatigante.—J'ai besoin
d'être à moi, de me recueillir quelques instans; veuillez bien vous rendre
à ma prière.—A vos ordres, ma chère
épouse, ils seront toujours sacrés pour
moi.

Valeri ne perdait aucun de ses mouvemens. Comme il se disposait à se
retirer, il revint m'embrasser de nouveau. Ses regards exprimaient la douleur. Je trouvais cela tout naturel. Nous
allions nous séparer, et pour combien
de temps ! Comme il avait peine à

s'arracher d'auprès de moi , Valeri
lui dit : Allons donc, jeune homme ,
vous aurez tout le temps ; vous reculez
vous-même l'instant qui doit vous
réunir; donnez-lui donc l'heure qu'elle
vous demande. A sa place , pour vous
punir de votre désobéissance , j'en
exigerais deux. Nous n'étions guère
disposés à répondre à une plaisanterie.
Nos yeux se rencontrèrent et se dirent
un long adieu !

On me laissa seule enfin ; je me jetai dans un fauteuil ; j'étais loin de
me sentir le courage proportionné
aux peines qui m'attendaient , sans
doute. Sylvie fit en hâte les préparatifs
de notre départ ; elle ne prit pour moi
que le plus strict nécessaire. Cinq mi-
nutes avant minuit elle me dit : Madame , il est temps. Bon Dieu! Sylvie,
quelle démarche ! A quoi va-t-elle

aboutir? — Comment, me dit-elle,
vous délibérez encore? Nous sommes
perdues si nous ne nous hâtons de
sortir. Je m'abandonnai; je la suivis,
mais sans être persuadée. Quelque
chose me disait que j'étais encore une
fois la victime de noirs complots.

Nous sortîmes par un escalier dérobé; je tremblais comme la feuille.
Sylvie me soutenait, me conjurait de
hâter mes pas. Mes genoux fléchis-
saient malgré moi. Nous avions à peu
près cinquante pas à faire pour rejoindre la chaise qui nous attendait:
je crus ne pouvoir jamais me traîner
jusqu'à elle. Arrivées là, un homme
enveloppé d'un manteau me prit dans
ses bras, me serra fort tendrement, et
me mit dans la chaise. Il dit quelques
mots tout bas au postillon, prit la
main de Sylvie, et dit d'une voix basse:

Bon voyage. J'étais si troublée , que
je crus reconnaître celle de Ladislas.
Cette idée ranima mon courage. Des
pleurs vinrent me soulager, et je repris
un peu de tranquillité.

~~~~~~

CHAPITRE IV.

Nous partîmes au grand galop. La nuit était superbe ; la fraîcheur me fit grand bien. Après avoir fait quelques lieues, Sylvie me proposa de prendre quelques rafraîchissemens. La voiture était amplement fournie de tout. A cette proposition, je rappelai mes esprits pour lui demander comment elle se trouvait si bien instruite. Pendant que Monsieur et Madame vous parlaient, monsieur Ladislas m'a remis un papier que voici. J'ai passé dans votre cabinet pour le lire, et je suis au courant de tout ce qu'il nous importe de savoir.

Alors elle m'apprit que nous avions quatre-vingts lieues à faire avant d'arri-

ver à notre destination ; que nous ne
devions nous arrêter nulle part dans
la crainte d'être poursuivies ; que nous
trouverions dans notre asile tout ce
dont nous aurions besoin , que Ladislas entrerait dans mon appartement à
l'heure que je lui avais indiquée , et
qu'il attendrait que tout le monde fût
endormi pour s'échapper à son tour ,
et venir nous rejoindre quand il croirait
le pouvoir faire sans danger. — Mais ,
lui dis-je , qui doit nous conduire à
notre destination , puisque nous chan-
geons de postillon à chaque relais ? —
Je ne sais , me dit-elle , mais je crois
que nous sommes escortées : il me
semble entendre de temps à autre les
pas d'un cheval qui côtoie de près la
voiture. Je prêtai l'oreille , et je crus
effectivement l'entendre comme elle.

Nous voyageâmes sans encombre ,
et le matin de la seconde journée

nous descendîmes dans une habitation
propre et commode, d'une certaine
étendue, mais absolument isolée et
sur la lisière d'un bois. Un jardinier
et sa femme, une espèce de valet de
ferme, jeune, robuste, grossier, com-
posaient tous les habitans de ce lieu
sauvage. Je me crus transportée au
bout de l'univers. On n'entendait d'autre bruit que celui du vent qui agitait
les feuilles, et les cris ou le chant des
divers animaux nécessaires à la culture
de cette terre ou à la nourriture des
habitans. Le bétail n'était pas nombreux; il était en raison de ceux qui
résidaient dans cette solitude. Nous
trouvâmes tout préparé pour nous recevoir, deux chambres proprement
meublées, mais absolument dépour-
vues des objets nécessaires à tromper
la longueur du temps. Point de plume
ni de papier, point de livres, moins

encore de crayon, pas davantage d'us-
tensiles pour le travail des doigts, qu'al-
lons-nous devenir ici, dis-je à Sylvie ? Nous allons mourir d'ennui !
—Cela ne sera pas long, je l'espère ;
au moins, me dit-elle, nous boirons,
nous mangerons, nous nous promè-
nerons, et le temps passera. — Mais
où sommes-nous, Silvie ?—Je n'en sais
pas plus que vous, Madame. — Il faut
le demander à ces bonnes gens. — Ils
ne nous entendront pas, Madame ;
ils parlent iroquois, je pense.—Mais,
Sylvie, nous sommes en France ; ils
parlent un patois comme dans toutes
les provinces éloignées de la capitale,
et ce patois peut s'entendre.—Pour
moi, Madame, je n'y comprends
rien du tout ; j'en suis réduite à leur
demander par signes ce dont nous
avons besoin. Dans quelques jours,

lui dis-je , nous serons plus savantes :
il faut prendre patience.

En visitant les armoires , j'y trouvai des hardes de femme très-propres,
mais encore plus simples , telles qu'on
les porte au village , de bon linge ,
mais un peu grossier en comparai-
son de celui que je portais habituelle-
ment. Cette découverte m'alarma extrêmement ; j'en fis part à Sylvie , qui
s'était absentée pour quelques instans.
Que veut dire ceci ? Sommes-nous
destinées à rester ensevelies dans ce
désert ? — Cela ne signifie rien , me
dit-elle ; vous prenez l'alarme pour
rien. Si Monsieur croit nécessaire de
quitter la France , il veut vous mettre
à l'abri d'être reconnue en vous ca-
chant sous un costume qui vous est
étranger.

Le peu d'habits que nous avions

emportés, rendaient nécessaires pour
moi ceux qui probablement m'étaient
destinés. Sylvie avait pris pour elle de
quoi lui suffire pendant l'espace d'un
mois. Quand je lui en fis l'observation,
elle me dit : Mais je ne crois pas que
Monsieur ait l'intention de me faire
voyager avec vous ; d'ailleurs cela serait tant pis ; je ne veux pas laisser là
mon pays ; je n'ai pas de raison de me
cacher ; je ne suis pas la fille d'un prince.
Chaque condition a son vilain côté.
Franchement, me dit-elle, j'aime
mieux aujourd'hui être la suivante que
la maîtresse. A ce discours, je vis
clairement qu'elle était bien plus instruite des motifs de ma disparition
que je ne l'avais cru jusqu'alors. J'allai
éclater et lui reprocher sa perfidie ;
mais je me contins en réfléchissant
que, me trouvant en quelque sorte
sous sa dépendance, ce serait aggra-

ver le malheur de ma position, en me mettant dans la nécessité de vivre en guerre ouverte avec elle, puisque je n'avais qu'elle dont je pusse me faire entendre.

Suivant les perfides conseils qu'on m'avait donnés, je n'avais rien dont je pusse user au besoin, ni argent, ni bijoux; j'étais dans un pays inconnu pour moi, avec des êtres vendus sans doute à mes persécuteurs. Je commençai à me confirmer dans l'idée que Ladislas était absolument perdu pour moi; comme moi, sans doute, il était victime de la plus horrible trahison. Mais qui en accuser! Le prince ou Valeri? Tous les deux avaient manifesté des sentimens pour moi, qui les rendaient, à mes yeux, capables de tout; je redoutais encore plus le dernier, parce que je le haïssais davantage. Cependant aurait-il osé disposer ainsi de ma personne sans l'assentiment du prince ? Je ne pouvais donc voir qu'obscurité et malheur dans le présent comme dans l'avenir.

Quinze jours s'étaient déjà écoulés sans m'apporter aucune lumière sur le sort qui m'était réservé ; je désirais et redoutais également de sortir de cette pénible incertitude ; je m'accusais d'une coupable crédulité. Qu'en serait-il résulté de plus fâcheux pour moi, en obligeant Ladislas à ne pas quitter mon appartement, ou en lui faisant ouvertement part de l'avis que je venais de recevoir ? Les choses changent de face après l'événement. Je ne les voyais plus de la même manière ; je restais fidèle seulement à l'idée que Ladislas était absolument innocent du stratagême qui avait décidé ma désertion.

Comme me l'avait fort bien dit Sylvie, je passais le temps à satisfaire aux besoins de la nature, et dans mes tristes réflexions. Elle allait et venait, causait avec nos hôtes, et ne paraissait nullement inquiète sur notre avenir. Quand j'entamais ce sujet, elle me disait : Prenez donc patience ; il faudra bien que cela finisse un jour. Rien ne vous manque ici. Ce n'est pas un si grand malheur de passer quelque temps à la campagne dans cette saison. Si elle me voyait triste, elle me disait : Ah ! vous allez encore pleurer ; je vais courir les bois ; je n'aime pas à voir les gens tristes.

Le seizième jour, en m'éveillant, je trouvai sur ma table de nuit un billet de la même écriture que le premier, que j'avais reçu le jour de mon mon mariage ; il contenait ce peu de mots :

« Silvie vous a quittée, sa présence ne vous étant plus nécessaire. Vous

pouvez tout exiger de vos hôtes , ex-
cepté de trahir les intérêts de ceux
dont ils dépendent. »

Je jetai des cris perçans à cette fatale lecture, qui ne furent entendus
de personne , puisque , en me levant ,
j'acquis la certitude que j'étais absolument seule dans la maison. Mon
premier mouvement fut de mettre
un terme à mes maux par celui de mon
existence ; mais la répugnance si naturelle à l'aspect de notre destruction
m'arrêta sur le bord de l'abîme où
j'allais me précipiter. J'avais déjà me-
suré des yeux la profondeur du puits ,
et adressé au ciel ma dernière prière ,
lorsque l'espoir de revoir Ladislas
suspendit cette fatale résolution. Il
sera toujours temps , me dis-je , de
recourir à cette extrémité ; ayons encore le courage de supporter la vie.
Tant d'autres ont vécu plus malheu-

4.

4

reux ! Je fis plus, je pris assez sur moi pour cacher mon désespoir à ceux avec lesquels je devais vivre ; je ne leur fis pas même une seule question relative à ma position future.

La femme du jardinier rentra la première, et me demanda fort humblement ce que je désirais pour mon déjeûner ; elle ajouta : Madame, vous pouvez m'ordonner tout ce qu'il vous plaira ; mon devoir est de vous obéir en tout. Je la remerciai d'un signe de tête ; je suffoquais de douleur et de dépit en songeant que j'étais captive dans un lieu écarté de tout secours humain. Elle me répéta sa question pour mon déjeûner. Du lait froid, lui dis-je. —Ah ! Madame, c'est bien peu. Il ne faut pas vous laisser manquer de rien. Si vous deveniez maigre et chétive, on s'en prendrait à moi. — Qui donc m'a si bien recommandée à vos soins? — Un

monsieur que je ne connais pas , mais
qui m'a promis que je serais bien
payée.—A qui appartient la maison
que vous habitez ? — Mais à vous ,
Madame , je crois : on m'a dit que
vous seriez ici dame et maîtresse. —
Depuis quand êtes-vous ici ?—Depuis
deux mois , Madame. On m'a fait venir
avec notre homme des montagnes de
l'Auvergne , de manière que je ne
connaissons personne dans ce pays.
Je m'y suis bien ennuyée d'abord ;
mais quand il faut gagner son pain ,
il faut beaucoup se plaire partout.—Y
a-t-il loin d'ici à la ville ? — Cinq
lieues , Madame ; il faut traverser toute
la forêt qui est remplie de vilaines
bêtes.—Et vous ne les craignez pas ,
si près du bois ? — Ah ! on se ferme
bien , puis notre homme et Blaise
avons chacun un bon fusil toujours
chargé , puis les voleurs , il faut bien

prendre ses précautions. Tout cela me
fut dit en mauvais français, sans doute,
mais pourtant pas aussi inintelligible
que Sylvie avait voulu me le faire
croire.

Je demandai à la bonne femme à
quelle heure Sylvie était partie. — A
quatre heures, Madame. Mon homme
et Blaise ont été la conduire jusqu'à la
ville : elle n'a pas voulu vous éveiller ;
mais elle nous a dit qu'elle reviendrait
bientôt, et que j'ayons bien soin de
vous pendant qu'elle allait chercher
vos enfans. — Mes enfans, ai-je dit !
Quelle nouvelle fourberie ! et à quoi
bon ? Je crus devoir en rester là pour
le premier jour. Ou cette femme n'en
sait pas davantage, ou sa leçon est faite
de manière à ne pas se laisser pénétrer.
Dans les deux cas, je n'ai rien à gagner
que de nouvelles persécutions, en
voulant forcer son secret. N'étais-je

pas avertie qu'elle était entièrement
vendue à mes persécuteurs ? J'étais
seule, sans défense au milieu de trois
êtres forts et robustes, qui avaient sans
doute leurs instructions au cas de
résistance de ma part. M'échapper !
Comment ? Par quelle route ? Point
d'argent ! rien qui puisse m'en tenir
lieu : toutes les précautions étaient
prises pour me rendre docile malgré
moi.

Mon plus grand tourment était,
après la perte de celui que j'aimais,
l'inaction dans laquelle je devais vivre
aussi long-temps qu'il plairait à mes
bourreaux de m'y condamner ; je demandai à la jardinière de me désigner
un petit coin où je pusse cultiver des
fleurs. — Cela n'est pas nécessaire,
Madame ; vous pouvez en cueillir tant
qu'il vous plaira dans le jardin. — Je
voudrais élever des oiseaux. — Ah ! ils

s'élèvent bien eux-mêmes , ils n'ont
que faire de nous. C'était donc un parti
pris de me faire céder , ou périr
d'ennui. Le plan était bien formé. On
savait que j'aimais passionnément à
m'occuper, et toute espèce d'occupa-
tion m'était interdite ; je n'avais donc
rien de mieux à faire que de me pro-
mener jusqu'à ce que je tombasse de
lassitude pour obtenir le sommeil dont
mes tristes réflexions me privaient
trop souvent.

Le prince m'avait menacée de la
plus affreuse captivité. Etait-ce par ses
ordres que je subissais celle-là ? Pourquoi avoir tant tardé à me la faire
éprouver ? Car enfin trois années s'é-
taient écoulées entre la menace et
l'exécution. C'était plus de temps qu'il
n'en fallait pour calmer le plus grave
ressentiment. Pourquoi avoir permis
mon mariage ? pourquoi des présens

qui semblaient m'annoncer le retour
de ses bontés et de sa raison ? Le pardon
qu'il m'annonçait avait sans doute
quelque chose d'obscur ; mais il ne
pouvait s'expliquer plus clairement à
cause des autres ; il était naturel qu'il fît
retomber sur moi tout le blâme de notre
mésintelligence. Il était prince ; j'étais
sa fille. A ces deux titres, je lui devais
la plus parfaite soumission ; je pouvais y avoir manqué de tant manières,
qu'il pouvait, sans se laisser jamais
soupçonner, mettre toutes les apparences contre moi. Voilà une de ces
cruelles positions où l'innocence doit
porter la peine du coupable.

La jardinière filait dans ses heures
de loisir. Je lui demandai avec aussi
peu de succès de m'apprendre à filer.
Mon Dieu ! Madame, que me dites-
vous là ? Vous n'êtes pas faite pour
faire un pareil ouvrage avec de belles

mains comme les vôtres. C'est bon
pour nous, pauvres misérables ; nous
devons travailler pour nous nourrir et
vêtir. Tenez, ce fil qui est de fin lin,
servira pour vous faire des chemises
quand les vôtres commenceront à s'u-
ser. Quelle heureuse perspective ! mais
il était clair que tout cela ne tendait
qu'à me réduire et à me faire demander
grâce au prix qu'on voudrait bien y
mettre.

Après avoir retourné la chose sous
toutes les faces, après avoir gémi,
m'être dépitée, après avoir pris les
résolutions les plus impraticables, je
m'en tins, faute de mieux, à celle de
lasser la patience de mes ennemis par
ma constance à souffrir, sans me plaindre, tout ce qu'il leur plairait de
m'infliger. De quoi suis-je coupable,
était le refrein habituel de toutes mes
réflexions ? Jamais je ne me sentis le

moindre regret d'avoir attiré sur ma tête toutes ces calamités. Mon seul désespoir, celui contre lequel la raison venait se briser, était la perte de mon époux. Qu'était-il devenu ? S'il était libre, point de doute qu'il n'eût cherché les moyens de briser ma chaîne. Il est facile de trouver des torts à un militaire, de les provoquer, de le faire tomber dans une faute de discipline, et de lui en faire porter la peine durement.

5

CHAPITRE V.

J'AI omis de dire que, pendant les deux années qui précédèrent mon mariage, j'avais ouï parler d'une femme qui avait la réputation de prédire l'avenir avec une sorte de certitude ; j'avais le désir de tâcher de découvrir ce que le sort me gardait en bien comme en mal. Je fus donc la trouver, et la priai de me dire sans déguisement ce que j'avais à craindre ou à espérer. Elle me dit : pour cela, ma chère enfant, il faut que vous me disiez sans détour qui vous êtes, et quels sont vos goûts dominans. Je ne suis point du tout ce que le vulgaire pense ; en un mot, je ne suis nullement ce qu'on est convenu d'appeler une sorcière, une diseuse de bonne aventure ; je suis une femme éprouvée par de longues infortunes , en qui l'expérience tient lieu de sortilége ; je juge l'avenir d'après le passé, d'après les probabilités. Quand on est sincère dans ses réponses, il est rare que je me trompe : ainsi ce que vous attendez de moi , dépend de vous seule.

Je lui dis donc sans déguisement qui j'étais , ma manière de vivre , ce qu'elle avait de pénible pour moi. Elle m'écouta avec beaucoup d'attention , et me dit : Votre sort dépend de ceux à qui vous appartenez. Il est probable que de longs chagrins vous attendent, mais ils ne pourront vous abattre. Vous trouverez en vous seule des ressources contre tous les événemens. Vous êtes du nombre de ces êtres que la nature isole au milieu de leurs semblables , et qui ne sont jamais appréciés ni connus.

Ceux-là ne sont jamais véritablement malheureux ; les larmes que leur arrache la faiblesse humaine, ne sont pas sans douceur ; elles ne sont jamais empoisonnées par le remords. L'homme innocent du malheur qui le poursuit, le brave sans pour cela l'éviter ; il le combat corps à corps, et s'il succombe sous ses coups, sa défaite est encore un triomphe qui l'élève à ses propres yeux, et l'honore à ceux des autres.

Je quittai cette femme après avoir satisfait à ce qu'elle était en droit d'attendre de moi, avec un sentiment de cœur indéfinissable ; il tenait tout à la fois de l'ivresse du bonheur et du pressentiment de tous les maux qui devaient fondre sur moi. Il me semblait qu'elle venait de me couvrir d'une égide impénétrable à tous les traits du malheur ; elle me donnait cette sorte de confiance en soi-même qui est le plus sûr préservatif contre le découragement, suite ordinaire des peines trop souvent réitérées. Quand, depuis, je me croyais près de succomber sous leur poids, je me rappelais la prédiction de ma sybille, et mon amour-propre m'invitait à la vérifier. L'amour-propre est chez les humains un puissant véhicule !

Je reviens dans ma solitude : trois mois s'étaient passés sans que rien fût changé à ma position. Tant qu'avait duré la belle saison, j'avais tâché de m'étourdir et de me faire des occupations à la place de celles qui m'étaient refusées ; j'étudiais la nature ; je comparais les feuilles entre elles, sans jamais en rencontrer deux exactement semblables ; j'avais trouvé aux pieds des arbres des fourmillières; je m'amusais de leurs travaux, et j'enviais leur bonheur. Je voyais croître les fleurs mûrir les fruits ; j'épiais avec soin leur accroissement journalier ; je m'occupais, mais sans trop d'affectation, des animaux de la basse-cour, dans la crainte que mes gardiens ne le remarquassent et ne trouvassent encore le moyen de m'interdire cette innocente distraction.

Je leur parlais peu, seulement pour demander ce qui m'était nécessaire dans ce qu'on voulait bien m'accorder. Ma nourriture était saine et abondante, du bon pain qu'on allait chercher à la ville, des fruits de toute espèce, du lait, des œufs, de la volaille dont j'ordonnais moi-même l'assaisonnement, ce qui était ponctuellement exécuté. Comme je l'ai dit, ma toilette ne pouvait m'occuper bien du temps : celle d'une paysanne est ordinairement bientôt faite. On m'avait donné deux grands chapeaux de paille pour me défendre des ardeurs du soleil, de manière que je ressemblais parfaitement à la Bergère des Alpes; il ne me manquait qu'un troupeau à conduire pour que l'analogie fût complète. Je pleurais, comme elle, mon époux, sans espoir de le revoir jamais; comme elle, je faisais quelquefois retentir la forêt de mes sons plaintifs ; je composais des romances analogues à ma triste situation ; je me berçais de chimères ; je bâtissais force châteaux en Espagne, qui croulaient faute de fondemens réels ; j'attendais quelque preux chevalier qui vînt me délivrer de ma captivité. Les heures, les jours, les mois s'écoulaient dans ces tristes rêveries.

Enfin au bout du troisième mois, le rustre Blaise me remit un billet qu'il me dit rapporter de la ville, et auquel je devais répondre dans la journée,

toujours de la même main que les
précédens; il portait en substance :

Lorsque Margeline s'ennuiéra de la
vie solitaire qu'elle mène, elle pourra
en informer celui duquel elle peut tout
espérer. Quand elle sera disposée à
répondre à ce qu'il a droit d'attendre
de sa soumission, elle dira au porteur
du billet : *Alexandre peut venir.*
Alors elle verra recommencer pour
elle les beaux jours qu'elle regrette.

Alexandre était en effet le prénom
du prince; mais, par un singulier hasard, c'était aussi celui de Valeri. Lequel des deux mettait un prix aussi
horrible à ma liberté? Tous deux avaient
manifesté les mêmes prétentions; tous
deux, sous ce rapport, m'étaient également odieux. Ma réponse n'était
donc pas incertaine; cependant devais-
je laisser échapper l'occasion qui s'offrait de jeter quelques lumières sur la

durée et la cause réelle de ma détention ? Pourquoi craindre de succomber cette fois , quand j'ai pu me défendre quelques années plus tôt ? Si
c'est le prince , ne puis-je espérer de
le fléchir ? Valeri ne peut oser ce que
le prince se permettrait. Rien de pire
que l'incertitude où je végète. L'hiver
approche ; je dois périr d'ennui. Eh
bien ! ma mort sera accélérée de quelques mois : c'est autant de gagné sur le
temps qui me reste à souffrir. J'étais
résolue de me défendre jusqu'à mon
dernier soupir , contre les attentats
que je redoutais, et de faire payer
cher ma défaite à celui qui aurait l'audace de la provoquer. Forte de cette
résolution , je dis à mon rustre : Dis à
Alexandre qu'il peut venir.

Combien de vœux contraires je
formai après avoir eu le courage de
donner cette réponse ! Combien de

fois je me repentis de l'avoir faite ! Je n'avais d'arme offensive qu'un très-petit couteau qui me servait pour prendre mes repas : je le cachais dans mon sein sitôt que je m'en étais servie ; je le mettais sous mon chevet la nuit. En lui résidaient tous mes moyens de défense, et le surplus dans la justice de ma cause. Mes opinions religieuses entraient pour bien peu de choses dans mes motifs de consolation. Le prince n'était pas croyant ; ma gouvernante m'avait inspiré des sentimens qui tenaient le milieu entre l'incrédulité et la foi aveugle ; elle m'avait accoutumée à ne rien faire, à ne rien penser, sans me rendre compte du pourquoi ; elle me disait souvent : demander à Dieu ce que nous croyons avoir besoin, nous conduit tout naturellement à douter ou de son existence, ou de sa bonté, lorsque nos

vœux ne sont point exaucés. Nous ne
pouvons le concevoir que par les faibles lumières qu'il nous a données ;
elles sont incertaines et douteuses ; le
plus sûr est donc de faire usage de nos
moyens personnels , pour arriver au
but que nous nous proposons. Ils ne
nous ont pas été donnés en vain , et la
plupart du temps ils resteraient in-
cultes, si le ciel n'était sourd à nos continuelles demandes. L'ordre éternel
est établi ; c'est présomption ou pusil-
lanimité de penser qu'il peut s'inter-
rompre au gré de nos désirs. Une cou-
rageuse résignation est la vraie reli-
gion des êtres bien pensans : assez de
vertus nous restent à exercer, sans
nous perdre dans de vaines combinai-
sons qui ne prouvent rien que l'in-
suffisance de notre raison pour nous
guider dans le dédale de la vie. Sup-

portons-la et mettons toujours en pa-
rallèle les biens et les maux dont elle
se compose , sans nous déguiser les
uns ni aigrir les autres. En y regardant de près , la balance n'est pas aussi
inégale que le prétendent quelques
esprits fâcheux qui ne voient que le
mauvais côté ; la punition est pour
eux à côté du délit : tâchons d'éviter
l'une et l'autre.

D'après ces données bien empreint-
tes dans ma tête , il ne me vint pas
à l'esprit d'importuner le ciel pour
éloigner de moi la funeste catastrophe
que je redoutais ; je l'attendais donc
avec anxiété et courage , non sans
avoir mille fois démenti l'une et l'autre. L'incertitude de nos idées ne cesse
qu'au moment du danger, pour faire
place aux moyens de s'y soustraire ; ils
naissent , la plupart du temps , des cir-

constances, et presque jamais nous
ne faisons usage de ceux que nous
avions combinés à l'avance.

Le quatrième jour après cette cruelle
réponse, j'entends une chaise s'arrêter
à la porte de ma solitude. Mon premier
mouvement fut de jeter un cri d'effroi; le second, tout aussi involon-
taire, fut de courir à la croisée de ma
chambre, pour apprendre quel était
le redoutable adversaire avec lequel
j'allais mesurer mes forces presque
anéanties par la frayeur. Avec quelle
surprise mêlée de joie, je vis descendre Ladislas! Je courus à sa rencontre; je me précipitai dans ses bras
sans lui laisser le temps de se reconnaître.

Il me repoussa avec horreur. Femme
indigne de moi, me dit-il, après
m'avoir abandonné à la fureur de deux

rivaux acharnés à ma perte, tu oses
encore chercher dans mes bras un
refuge contre eux ! Je viens, armé du
pouvoir que je tiens de tes sermens et
de l'autorité des lois, t'enlever à leur
féroce brutalité : mais, pour te punir
d'avoir abusé de l'amour le plus vrai,
pour me précipiter dans un océan de
malheurs, tu vas le payer cher !

Que répondre à tant d'horreurs ?
Je restai anéantie au point de croire
moi-même que j'avais cessé d'être.
Partons, me dit-il avec force, cet
Alexandre que tu attends, que tu demandes, ne t'aura qu'avec ma vie.
Ce mot *partons* me rendit à moi-
même ; je crus sortir d'un songe pénible. Partons, répétai-je machinale-
ment, en le regardant avec des yeux
égarés, qui lui firent croire que la
raison venait de m'abandonner tout à
fait. Il se reprocha sans doute de s'être

abandonné ainsi à toute l'indignation que je lui inspirais , et de s'être privé par-là des moyens de m'en faire porter tout le poids. La pitié ni l'amour ne se faisaient pas encore entendre à son cœur. Tout entier à sa vengeance, il ne voyait qu'elle , il ne se repentait que de ne pouvoir l'exercer contre un être privé de la faculté de la sentir moralement.

Il me prit à bras-le-corps , et m'enleva comme un oiseau , malgré l'opposition de la femme du jardinier qui se trouvait seule en ce moment. Je me laissai mettre dans la voiture sans proférer une seule parole. Nous partîmes avec une extrême vîtesse ; j'entendis cependant qu'il dit au postillon : Mon ami , nous n'avons que deux heures à nous pour gagner la frontière: au nom du ciel , hâte de tout ton pou-

voir le pas de tes chevaux. Tout l'or
que je possède est à toi.

Peu à peu je repris la faculté de
penser. Mes esprits revinrent ; je pus
me dire : Je ne suis point coupable.
Les conseils de ma gouvernante, les
prédictions de ma sybille me revinrent
à la mémoire. L'amour dédaigné pour
le moment pouvait se réveiller avec la
certitude de mon innocence ; mon
courage se ranima ; j'avais tenu les
yeux fermés tout le temps qu'avait
duré cette espèce d'interrogatoire avec
moi-même ; je les ouvris quand je
crus avoir assez médité sur la singula-
rité de ma position, et je vis Ladislas
tout occupé d'arriver assez tôt hors de
la frontière ; ses yeux parcouraient
avidement autant d'espace qu'il en
pouvait découvrir. Il tirait sa montre
à chaque instant ; je ne crus pas de-

voir entreprendre ma justification dans un moment où il était absorbé par la crainte de ne pouvoir échapper assez à temps à ceux que nous avions tant de raison de redouter. Cette crainte passa jusqu'à moi, et fut le seul sentiment dont je pus m'occuper à mon tour. Je comptais, pour ainsi dire, les pas des chevaux ; enfin nous arrivâmes au lieu qui devait nous mettre en sûreté, sans nous être dit un seul mot.

———

~~~~~~

CHAPITRE VI.

Nous mîmes pied à terre , Ladislas paya généreusement le postillon , et nous entrâmes dans la première auberge qui se trouva à notre portée. En entrant dans la chambre où l'on nous avait conduits, il tomba sur le plancher, privé de tout sentiment. La fille de l'auberge appela au secours. A force de les lui prodiguer , il revint à lui ; mais le chirurgien qui était venu pour l'aider, par ses soins , à sortir de cette léthargie, déclara qu'il s'en fallait bien qu'il fût hors de danger, que les plus grandes précautions étaient nécessaires pour prévenir le mal dont il était menacé. Qu'on se figure ma douleur dans une pareille situation!

Tout irrité qu'il était contre moi, qu'allais-je devenir, si j'avais le malheur de le perdre ! Etrangère dans un pays dont j'avais peine à comprendre le langage, sans aucun moyen d'existence, ne connaissant pas encore quelles étaient les ressources sur lesquelles il avait compté en me menant chez l'étranger ; dans cette affreuse position, je dis au chirurgien : J'ignore, Monsieur, comment je pourrai jamais reconnaître vos soins ; mais au nom de l'humanité, daignez les prodiguer à mon époux, et, si je suis assez heureuse pour que vous puissiez le rendre à la vie, alors les moyens de m'acquitter euvers vous ne me manqueront plus.

Par un heureux hasard, cet homme était Français et fort instruit dans son état ; il demanda qu'on nous laissât seuls, et me fit des questions qui

m'embarrassèrent infiniment. Il était
nécessaire qu'il connût la cause du
mal pour y remédier : mais comment
la lui apprendre, quand je l'ignorais
presque moi-même ? Il m'invita à
prendre en lui la plus grande confiance,
m'assurant qu'il était incapable d'en
abuser. Hélas ! lui dis-je, Monsieur,
il y a à peine deux heures que je suis
réunie à celui à qui je fus probablé-
ment enlevée le jour même où je lui
avais donné ma foi. Trois mois se sont
écoulés depuis, et j'ignore absolument
ce qui lui est arrivé dans cet espace de
temps. Il me paraît fort irrité contre
moi ; nos ennemis communs ont trouvé le moyen d'en imposer à son amour,
ont tendu un piége à sa crédulité, et je
n'ai pu recevoir encore d'autres éclair-
cissemens que des menaces de sa part
de me faire porter la peine des maux
qui nous accablent l'un et l'autre. Pour

moi, malgré les apparences, jugeant de son cœur par le mien, je l'en crois la victime, sans pouvoir l'en soupçonner l'auteur.

Point de doute que le chagrin et la fatigue ne soient les causes primitives du danger qui le menace; le repos parfait et vos tendres soins seront, pour le moment, les remèdes les plus efficaces; je vais lui faire préparer une potion calmante que vous lui ferez prendre toutes les demi-heures, et je reviendrai ce soir en voir les effets. Je vous engage, Madame, à prendre vous-même un peu de repos d'esprit, et à tout espérer de la justice de votre cause. Si monsieur votre époux vous aime, comme il est difficile d'en douter, la cure sera plus aisée. Vous me paraissez bien jeune pour être déjà en proie à de pareilles infortunes? — Je suis née pour le malheur, Monsieur. Il m'est actuellement démontré qu'il n'aura de fin que celle de mon existence.

Ce brave homme m'exhorta à ne pas désespérer de l'avenir, et me promit de faire pour mon époux et pour moi, tout ce qui serait en son pouvoir.

Il sortit et me laissa seule ; mais en même temps il me recommanda à la femme de l'aubergiste, une des meilleures créatures qui aient jamais honoré l'espèce humaine ; elle monta, après son départ, m'offrir tout ce qu'elle possédait, si cela était nécessaire à mes besoins actuels. Quel bien font de pareilles offres dans la détresse où je me trouvais ! Que je l'embrassai de bon cœur ! Je sentis mes peines allégées de moitié par la pitié de cette femme que je ne puis assez exalter.

Nous approchâmes du lit de Ladislas ; il était plongé dans un sommeil absolument léthargique, mais troublé, à ce qu'il paraissait, par d'affreuses visions ; sa respiration était haute et précipitée, ses extrémités glacées, et son visage presque défiguré par la contraction perpétuelle de ses muscles. Quel état! Cette femme m'aida à lui faire avaler la première cuillerée de sa potion. Nous eûmes une peine infinie ; il ne se réveilla point, et dormit de cette manière trente-six heures de suite. Le chirurgien et ma bonne hôtesse soutenaient mon courage, et me donnaient un espoir qu'ils n'avaient pas.

Ladislas sortit de cet état pour retomber dans un pire, puisqu'il devait le conduire en peu d'heures au terme de sa vie ; cependant, avant de la quitter, il me rendit toute sa tendresse. Ses mains faibles et mourantes pressaient les miennes avec toute l'ardeur dont il était capable ; sa langue ne put articuler que ces terribles mots : *Je meurs en vous aimant, fussiez-vous infidèle !*

Ma bouche était sur la sienne, lorsqu'il exhala son dernier soupir ; je crus avoir quitté la vie dans ce cruel moment. Trop heureuse si j'avais en effet pu le suivre ; mais il était écrit que je devais porter encore long-temps le terrible fardeau de l'existence : je me trouvais chez des inconnus qui me prodiguaient à la vérité tous les secours dont ma position était susceptible. Ladislas avait sur lui quelque peu d'or, et une lettre de change de dix mille francs sur Varsovie, le lieu de sa naissance. Aidée par ceux qui me tenaient lieu de tout, je lui fis rendre les honneurs funèbres comme il convenait à son grade et à ma douleur. Contre toute apparence, ma santé se soutint et me donna la force nécessaire pour

ne pas succomber à mon tour sous
tant d'assauts qui se succédaient sans
interruption.

Après avoir donné à la perte de mon
époux les regrets qu'il méritait malgré
ses injustes soupçons, je dus songer à
m'assurer une existence ; je contais
sans détour à ceux qui m'avaient donné
tant de marques d'intérêt, qui j'étais,
et par quelles circonstances je me trouvais expatriée sans oser reparaître dans
les lieux où j'avais reçu le fatal présent
de la vie. Le chirurgien me conseilla
d'écrire à Varsovie, et, si j'en recevais une réponse favorable, d'aller
trouver la sœur de Ladislas à qui il avait
appris ses projets de mariage, et qui
lui avait fait, dans le temps, une réponse extrêmement flatteuse pour moi,
dont il m'avait fait part. Oui : mais,
lui dis-je, s'il a démenti la bonne
opinion qu'il avait bien voulu lui don-

ner sur mon compte , comment la
faire revenir de son erreur, puisque je
n'ai pu savoir avant sa mort quels
étaient ses griefs contre moi. Il m'offrit de faire le voyage de Paris, et de
s'informer des bruits qui couraient à
mon sujet parmi ceux dont je devais
être connue.

Hélas ! lui dis-je , s'ils me sont contraires, comme je n'en puis douter,
je perdrai la seule ressource que le
sort m'ait laissé , la tendre compassion
que j'ai eu le bonheur de vous inspirer; il voulut bien m'assurer que cela
était impossible, qu'il lui paraissait
évidemment démontré que j'étais la
victime de l'inconduite des uns et des
viles passions des autres; je le priais
de tâcher d'apprendre dans quel lieu
j'avais passé les trois mois qui avaient
précédé le dernier malheur que je
venais d'éprouver. Cela n'est pas né-

cessaire ; il y aurait du danger pour
vous : il faut remettre ces informations
à un autre moment ; ce serait découvrir dans quels lieux vous avez porté
vos pas. Vos ennemis sont assez puissans, pour vous faire ravir une seconde
fois la liberté ; je m'abandonnai à ses
conseils, et il partit pour la capitale
peu de joursaprès.

L'endroit où j'étais alors, se nommait A...., village assez considérable
des frontières de la Flandre. Ce fut là
que je pris, sans m'en douter alors, le
désir de me retirer dans un village,
pour y vivre obscure et oubliée si le sort
s'obstinait à me poursuivre. Mon hôtesse faisait tant de bien, était si honorée dans celui qu'elle habitait, que je
la trouvais la plus heureuse des créatures, comme elle en était, sans con-
tredit, la meilleure. Avec quel respect on parlait d'elle ! Tous les passa-

7.

gers qui logaient chez elle, pour peu
qu'ils y séjournassent, la quittaient à
regret, et emportaient d'elle les plus
affectueux souvenirs; elle avait alors
passé soixante ans. Toute sa vie s'était
écoulée au service des nécessiteux de
tout genre. Je me rappelle une époque
bien glorieuse pour elle. Un jour qu'il
pleuvait horriblement depuis plusieurs
heures, elle vit arriver de loin un voyageur à cheval, qui devait être mouillé
jusqu'aux os; elle appelle de suite une
de ses filles d'auberge. Catherine, lui
dit-elle, vîte, faites chauffer un lit et
du linge, des hardes de mon mari,
pour ce pauvre voyageur qui vient là-
bas. — Mais, Madame, savez-vous s'il
aura le moyen de payer tout cela? —
Un autre payera pour lui, ma fille. Plus
il sera pauvre, plus ces secours lui seront nécessaires. En effet, le voyageur
avait grand besoin des officieux soins

de cette excellente femme ; mais il avait de même les moyens de lespayer. Lorsqu'il fut parti, elle dit à Catherine : Eh bien ! Catherine, t'opposeras-tu encore au peu de bien que je puis faire ?—Vous appelez cela peu, Madame ? Depuis vingt années que je suis ici, il ne s'est pas passé un seul jour sans que vous fassiez du bien à quelqu'un. Savez-vous ce que m'a dit ce monsieur ? que l'empereur serait informé de la manière dont vous traitez les voyageurs, et que sous peu vous auriez de ses nouvelles ; alors je lui ai dit : Ah ! Monsieur, ce n'est pas la peine, car c'est ici tous les jours la même chose.—C'est précisément pour cela que notre souverain doit savoir le bien qui se fait, pour pouvoir le récompenser dignement.

Vous le connaissez donc, Monsieur, lui dis-je ?—Oui, ma bonne, et beau-

coup. — Ah ! Monsieur, si vous vou-
liez lui demander la grâce d'un de mes
frères, condamné aux galères pour
avoir fait la contrebande ; il a laissé
six enfans sans père, que madame
nourrit, et à qui elle fait apprendre un
état à mesure qu'ils grandissent. Je ne
peux pas en recevoir de gages, puisque
ce sont mes neveux, et ma pauvre
mère en aurait bien besoin ; je n'ai que
les profits que me donnent les voyageurs. Ce monsieur m'a regardée d'un
air tout drôle ; je crois qu'il était prêt
à pleurer : il m'a donné ces quatre gros
écus, puis il m'a dit : Avant huit jours,
vous entendrez parler de moi.

Il fallait vous taire, Catherine, ou ne
parler que pour votre frère. Que fera
pour moi notre auguste souverain ?
Je vis de mon état ; il me suffit et au-
delà. Tant d'autres que moi ont besoin
de ses bontés, que ce serait voler le

bien des pauvres, de rien recevoir
de sa générosité. La pauvre Catherine
ne pouvait revenir de sa surprise, ni
concevoir le désintéressement de sa
bonne maîtresse, toute accoutumée
qu'elle était à lui voir pratiquer chaque
jour ses vertus hospitalières.

Le dixième jour, nous vîmes arriver
une chaise de poste escortée par des
houlans; il en descendit un homme
décoré de l'ordre de Marie-Thérèse :
c'était le premier chambellan de l'empereur d'Allemagne, qui apportait, de
la part de son maître, le brevet d'une
pension de quatre cents ducats, et une
médaille d'or à l'effigie du prince, et
sur le revers : *Hommage à la vertu
hospitalière;* puis la grâce du frère de
Catherine, et cent autres ducats pour
ses enfans. Mon prince, dit l'hôtesse
en recevant ce message, je suis fâchée

de l'indiscrétion de cette bonne fille ; mais je me réjouis que l'empereur m'ait crue digne de tant de bontés. Je garderai précieusement la médaille ; pour la pension, je prie votre grandeur de lui faire entendre que son empire fourmille de sujets qui méritent mieux que moi le bien qu'il me destine ; je suis assez riche pour la refuser. Veuillez bien porter à ses pieds le tribut de ma sincère reconnaissance.

— Est-ce sérieusement, Madame, que vous refusez les bienfaits de l'empereur ? — J'en serais indigne, Monsieur, si je les acceptais. Sa Majesté est assez juste pour apprécier mon refus Le chambellan leva les yeux au ciel, en disant : Pourquoi tous les humains n'ont-ils pas reçu en partage autant de grandeur d'âme ? — Mais, Madame, acceptez pour les autres, si vous refusez

pour vous.—Alors, Monsieur, où serait le mérite, si je donnais aux autres
ce qui viendrait d'une autre source ?
Que le ciel bénisse vos bonnes intentions, et prolonge les jours de notre
digne monarque, qui les marque ainsi
par ses bienfaits ! Le nom de Joseph ii
sera cher à nos neveux.

Pendant cet entretien, elle avait
fait distribuer du vin à la petite troupe
qui avait accompagné le chambellan ;
il la quitta sans l'avoir persuadée, en
méditant sans doute sur des vertus in-
connues dans la haute région qu'il habitait. Le mari de ma bonne hôtesse
lui représenta que peut-être l'empereur trouverait mauvais qu'elle eût
refusé. Non, mon homme, lui dit-
elle ; car il saura que de reste où placer cet argent, qui m'aurait fait des
envieux, et peut-être des ennemis.
On me sait gré du peu que je fais, et

tout le monde aurait voulu que je de-
mandasse pour eux. On se serait ima-
giné qu'ayant, comme on dit, la main
dans le sac, je n'aurais eu qu'à puiser.
Restons comme nous sommes, plus
serait de trop ; quelque malheur viendrait au bout de tout cela.

Hélas ! quelle différence, me disais-
je, entre cette femme et le monde où
j'ai vécu ! Le bonheur n'est pas où on
le cherche, car assurément je ne me
serais jamais doutée qu'il fût une position où l'on pût refuser la fortune.
J'étais, comme vous pouvez penser,
encore bien loin de me sentir le courage d'imiter ce que je ne pouvais
m'empêcher d'admirer. La pauvre
Catherine était ivre de joie ; elle revit
son frère qui, corrigé de sa ma-
nie, éleva en paix ses enfans, et en fit
de vertueux citoyens. Nous sûmes, par-

la suite, que le voyageur était l'empereur lui-même, qui se plaisait, comme on sait, à faire des incursions secrètes dans ses Etats.

CHAPITRE VII.

LE chirurgien revint du voyage qu'il avait entrepris dans la seule vue de m'obliger ; il m'apprit que, bien loin que le blâme de ma disparition tombât sur moi, on en accusait hautement mon mari qui m'avait abusé par une fausse terreur, m'avait forcée de m'éloigner et s'était approprié ma dot et mes bijoux avec lesquels il avait fui ; mais, rattrapé assez à temps, il avait été détenu dans la maison d'arrêt militaire, dont il avait trouvé le moyen de s'évader deux mois après sa détention, niant toujours qu'il connût le lieu de ma retraite aussi bien que l'espèce de vol dont on l'accusait.

Il était innocent, m'écriai-je ! Je

suis depuis si long-temps en butte à d'affreuses menées auxquelles il ne pouvait avoir aucune part, qu'il m'est démontré jusqu'à l'évidence qu'il fut abusé comme moi. Tous mes mortels regrets sont qu'il soit mort sans être convaincu de mon innocence, comme je suis persuadée de la sienne. Mes ennemis ont trouvé le moyen de rejeter sur moi, du moins à ses yeux, tout l'odieux des derniers incidens ; je dois dois donc mourir à mon tour sans connaître les véritables auteurs du malheur qui m'accable.

Le chirurgien et ma bonne hôtesse s'unirent pour me consoler, m'offrirent tout ce qui était en leur pouvoir de faire pour moi. Nous convînmes donc que j'écrirais à la sœur de mon cher Ladislas, et que j'irais, si elle me l'offrait, passer quelques années près d'elle, où je trouverais sans doute le moyen de tirer parti des talens que je devais à mon éducation.

Le chirurgien m'apprit encore que mon beau - père était généralement méprisé , que tout récemment il avait été chassé une seconde fois de la maison du prince , et qu'il rendait ma mère fort malheureuse. Quant à Sylvie , il n'avait pu se procurer aucune lumière sur son compte. On la croyait partie avec moi , et personne ne l'avait revue depuis.

Malgré tous mes chagrins, je me trouvais dans un lieu de délices en le comparant avec ceux où j'avais vécu depuis près de trois ans. J'avais deux chambres propres et commodes ; je m'étais procuré tout ce dont j'avais besoin tant pour ma toilette que pour m'occuper utilement ; j'avais constamment sous les yeux la pratique de toutes les vertus : cet exemple me fut d'un grand secours dans l'avenir. Le chirurgien était veuf et n'avait qu'un fils de quelques années plus âgé que moi, né en France, et qui servait dans ses armées avec distinction.

J'attendais donc patiemment la réponse de ma belle-sœur; elle fut courte et sèche. Elle me mandait:

« La mort de mon frère m'afflige infiniment, mais je ne puis rien pour celle qu'il n'a connue que pour son malheur; je veux croire qu'elle n'a pas mérité toutes les peines qu'elle éprouve, et je souhaite de tout mon cœur qu'elle en voie bientôt la fin. »

Je versai quelques larmes à cette lecture, que je donnai bien plutôt au souvenir du frère qu'à l'insignifiante indifférence de la sœur. Je résolus donc de passer tout le temps qu'il plairait à la nature de prolonger les jours du prince, dans la position où j'étais. Elle n'était pas sans douceur.

Le prince était atteint d'un mal qui
ne pouvait lui faire espérer une longue
vieillesse ; j'avais de quoi subsister
jusque-là. Par les soins du chirurgien j'avais touché le montant de ma
lettre de change ; il m'avait placé cette
somme dans une maison sûre, à
B..... : le revenu me suffisait pour
vivre. A la mort du prince, mon
dessein était de retirer ma mère de
l'état malheureux où elle ne pouvait
manquer d'être réduite par les motifs
que j'ai déduits plus haut.

Ce fut dans cette libre solitude que
je passai sept années ; il m'en coûta,
sans doute, pour oublier tout à fait le
monde et ses plaisirs ; mais à la longue
on s'accoutume à tout. Chez ma mère,
je menais une vie trop dissipée pour
mes goûts ; mais aussi chez ma bonne
hôtesse, je trouvais bien celle que j'y
menais un peu trop tranquille. La rai-

son est le fruit de l'âge ; et je n'avais pas vingt ans, lorsque les circonstances m'y condamnèrent.

Le fils du chirurgien avait fait dans cet intervalle plusieurs voyages chez son père. Nous avions eu l'occasion de nous voir et de nous apprécier mutuellement ; nous désirions nous inspirer des sentimens de bienveillance. Le désir de plaire est presque toujours suivi du succès. Le père avait eu le temps de me connaître. D'abord il avait invité son fils à se prémunir contre sa naissante inclination ; il penchait sans doute à me croire absolument innocente ; mais la prudence voulait qu'il prît du temps pour s'assurer si sa présomption était fondée. Dans l'absence de son fils, il me faisait une cour assez assidue, pour me donner quelquefois le change sur ses intentions ; je crus qu'il travaillait pour

4.   8

son propre compte. J'étais bien décidée à lui faire entendre que j'avais assez
d'amitié pour lui pour devenir sa bru
avec plaisir, mais que je ne me sentais
nullement disposée à lui donner la
préférence sur son fils.

Il me tira d'inquiétude, et m'évita
la peine d'un refus, qui m'aurait sans
doute beaucoup coûté ; il me remit
un jour une lettre de son fils, en me
priant instamment de réfléchir mûre-
ment ma réponse, et de ne pas perdre
de vue que le bonheur de deux personnes s'y trouvait attaché. J'en brisai
le cachet pendant sa période ; je la lus
avec une émotion marquée. Hé bien !
Madame, quel augure dois-je tirer du
trouble où je vous vois ? serions-nous
assez malheureux pour voir rejeter nos
offres ? — Non, lui dis-je ; assurément
non : je dois à toutes vos bontés un
sincère aveu de mes sentimens ; je suis

infiniment sensible à ceux que j'ai eu
le bonheur d'inspirer à votre fils. Devenant votre bru , je trouverai peut-
être le moyen de m'acquitter avec
vous ; il m'en coûtait de penser que je
pouvais mourir insolvable. Il me prit
mes mains , les pressa dans les siennes
avec une tendresse vraiment paternelle. Que je suis heureux , ma chère
Margeline , de trouver réunis en vous
tout ce qu'il est possible de désirer en
qualités comme en agrémens ; et , de
plus , cette aimable franchise qui vous
élève au-dessus des simagrées que la
bienséance impose à votre sexe. Au-
rez-vous la condescendance de répondre vous-même à mon fils ? — Très-
certainement, Monsieur.— Ah ! puisque vous consentez à son bonheur,
que , dès ce moment, je reçoive de
vous le doux titre de père ; je le mérite depuis long-temps par le plus affec-

tueux de tous les sentimens. — Je le
sais, lui dis-je ; vous m'en avez constamment donné des preuves irrécu-
sables. Soyez donc mon père, puisque
personne ne veut l'être ; que sur vous
seul se réunissent tous mes sentimens
de l'honneur filial. Je fais ici le serment de vous aimer et de vous res-
pecter comme l'auteur de mes jours.

Nous appelâmes notre bonne hôtesse, à qui nous fîmes part de cette
bonne nouvelle ; elle partagea notre
joie, et ne tarda pas à nous plonger
dans la douleur par sa mort qui arriva
trois mois après mon second mariage
qui se fit à la grande satisfaction de
mes amis comme à la mienne. Point
de bonheur réel dans ce monde ! J'aimais avec la plus vive tendresse mon
cher époux ; mais j'avais la douleur de
le voir s'éloigner de moi pour se
rendre à ses devoirs. Son état voulait

qu'il passât les trois quarts de l'année
loin de sa femme ; il m'écrivait régu-
lièrement sans doute , mais ses lettres
n'étaient pas lui. Que de choses pouvaient se passer dans l'intervalle d'une
lettre à l'autre ! Trois années se pas-
sèrent sans me donner l'espoir de voir
couronner notre union par la naissance
d'un fils ; je craignais que la nature ne
me refusât le titre de mère : je l'im-
portunais de mes prières. Pourquoi
les exauça-t-elle ? pour me rendre la
plus malheureuse de toutes celles qui
l'ont porté.

Avec quelle joie je mandai à mon
cher Ferdinand que nos vœux allaient
enfin être exaucés ! Je mis au monde
ce fils tant désiré le jour même que le
prince vit terminer les siens (circonstance que je ne sus que long-temps
après) ; je voulus nourrir moi-même
ce cher fruit de l'amour le plus ten-

dre. Son père était absent lorsqu'il reçut la vie. Mon beau-père, avec lequel je demeurais depuis mon mariage, me prodiguait les plus tendres soins ; rien ne manquait donc à la somme de bonheur où il me fut permis de prétendre. Le bonheur est relatif ; le bonheur est partout, c'est-à-dire toujours en raison de la place que nous occupons dans ce monde. Sans doute une femme accoutumée au luxe, aux plaisirs des grandes villes, se serait trouvée bien éloignée du bonheur, confinée dans un village, loin de son époux (en supposant qu'elle l'aimât comme j'aimais celui que le sort m'avait réservé), seule entre un vieillard respectable et un enfant hors d'état de répondre encore à sa tendresse ; mais moi, mûrie par l'âge, par les malheurs, je me trouvais réellement au comble de la félicité. Hé-

las ! elle ne pouvait être de longue
durée ! Cette fois, ce fut moi seule qui
y portai une atteinte irréparable ; j'allais au-devant du malheur qui semblait
m'avoir enfin abandonnée.

Mon fils venait d'accomplir sa troisième année ; mon mari désirait quitter
le service pour se réunir à sa famille.
Je savais depuis long-temps la mort
du prince, et, de plus, que ma
mère languissait dans la plus affreuse
misère : je désirais la tirer de cet état ;
je désirais revoir encore une fois les
lieux qui m'avaient vue naître. Mes
désirs étaient des lois pour celui à qui
mon sort était lié. Mon beau-père fut
le seul qui parût mécontent de ce
voyage ; il était valétudinaire ; il devait
rester seul confié à des soins domestiques. Nous lui promîmes, pour l'appaiser, que notre voyage ne serait pas
long. Mon mari avait réellement le

besoin de voir Paris pour faire régler
ses affaires dans les bureaux de la
guerre. En quittant le service, ses
blessures lui donnaient droit à une
pension ; il pensait comme moi, qu'il
l'obtiendrait plus tôt et plus facilement
étant sur les lieux. Toutes ces considé-
rations déterminèrent ce funeste voyage, qui devait me coûter tout ce qui
pouvait m'attacher à la vie, mon fils
et mon époux. Deux mois après mon
arrivée à Paris, ma mère mourut à
l'âge de quarante-huit ans, des suites
cruelles des peines et de la misère
qu'elle avait éprouvées ; elle me pria,
en mourant, de laisser à son indigne
mari le peu qui lui restait. Elle l'aimait encore malgré tout ce qu'elle
avait eu à souffrir pendant trente années qu'elle avait passées avec lui. Ce
monstre n'avait pas rougi de me rappeler dans les derniers momens de

la vie de ma mère, l'horrible amour
que je lui avais inspiré, qui, disait-
il, subsistait encore dans toute sa
force.

Je ne pus jamais apprendre de sa
bouche quel avait été le fatal instrument de ma perte le jour de mon mariage ; il s'obstina à tout mettre sur le
compte de mon premier mari. Déses-
pérant d'en rien tirer, je le bannis
ignominieusement de ma présence,
quelques jours après la mort de ma
mère (il avait eu l'audace de se présenter à l'hôtel où nous logions). Il
s'en vengea bien cruellement ! L'amour
dédaigné se change en rage dans les
caractères atroces : le sien était de ce
nombre.

Mon petit Emmanuel, ainsi se nommait mon fils, était vêtu, les jours de
fête, d'un petit uniforme fort riche, du
régiment où servait son père. Un jour,

4   9

jour à jamais funeste ! j'étais , ou plutôt nous étions tous trois à nous pro-
mener aux Tuileries ; mon fils donnait la main à sa bonne , et marchait
devant nous avec elle. On devait lancer
un des premiers ballons de Mongol-
fier non loin de là ; tous les yeux
étaient fixés du côté où on l'attendait.
Des cris nous firent croire qu'on
l'apercevait ; nous courûmes comme
les autres , et , dans la minute , je per-
dis mon fils de vue,

Ici monsieur de Polbois redoubla d'attention , et manifesta par ses gestes le
désir d'entendre la suite de cette cruelle
aventure ; mais Margeline , oppressée
par la douleur que lui rappelait cet
affreux souvenir , pria monsieur et
madame de Polbois de permettre
qu'elle remît au lendemain ce qui
restait à leur apprendre du plus affreux
de tous ses malheurs; elle ajouta qu'elle

était extrêmement fatiguée , ayant raconté tout d'un trait ce qu'on vient de lire de son histoire. Ce fut avec bien du regret que monsieur de Polbois lui accorda le répit qu'elle avait tant de raison de demander.

Margeline fut fort triste tout le reste du jour. En vain monsieur et madame de Polbois redoublèrent d'attention et de soins affectueux ; elle finit par les prier de la laisser à elle-même : je me contraindrais pour ne pas vous affliger; j'ai quelquefois besoin de pleurer sur mes maux passés. Lorsque j'ai donné à la nature , ou, si vous voulez, à la faiblesse ce qu'elle réclame, je me trouve beaucoup mieux que quand je veux la braver. Mes pleurs ont un charme qui répand un baume sur mes blessures ; alors je les sens moins, et, après avoir bien pleuré, je fais une provision de philosophie pour un temps

plus ou moins long. Je ne sais ; mais
quelque chose me dit que, pour cette
fois, je sentirai enfin la nécessité de
consolider mes blessures de manière
à les cicatriser pour toujours ; car,
après tout, à quoi nous sert de revenir
sans cesse sur le passé, quand l'avenir
nous prépare *à coup sûr* de quoi exercer de nouveau notre sensibilité?

CHAPITRE VIII.

Le lendemain , monsieur de *****
supplia instamment Margeline de
prendre son histoire où elle l'avait
laissée ; elle continua donc :

Je cherchais dans la quantité de
monde qui s'augmentait autour de
nous, ce qu'étaient devenus mon fils et
sa bonne. D'abord je n'aperçus ni l'un
ni l'autre ; j'étais déjà fort inquiète ;
mon mari m'engagea à me tranquilli-
ser, et à ne pas quitter la place que
j'occupais près d'une statue du jardin,
afin qu'il pût m'y retrouver et me ra-
mener mon fils qu'il allait chercher
dans la foule qui nous avait séparés de
lui ; je le priai de me laisser de suite ,
et de ne pas perdre de temps ; il s'éloi-

gna , et , peu de momens après , je vis
venir à moi la bonne de mon fils ,
pâle , tremblante , pouvant à peine
respirer. « Ah ! Madame , me dit-elle ,
qu'est donc devenu Emmanuel ? Il
s'est échappé de ma main pour courir
après vous , et je n'ai pu le retrouver
depuis. » Je jetai un cri affreux à
cette nouvelle , qui attira l'attention de
tous ceux qui m'entouraient. Chacun
s'informa du sujet de ma frayeur, et
s'empressa de me rassurer. « Il va être
rendu à vos vœux, Madame , me dit
un homme d'assez mauvaise tournure ,
qui nous avait côtoyés long-temps ;
les enfans ne s'égarent pas si aisé-
ment. »

Je n'osais quitter ma place , flottant
entre la crainte et l'espoir de revoir
mon mari ; j'ordonnai à la bonne de
recommencer ses recherches ; j'étais
accablée de douleur , et importunée

de questions de la part de quantité de
personnes dont chacune avait une histoire toute prête, relative à ma position,
la plus cruelle qu'une mère puisse
éprouver ! Ce n'étaient plus qu'enfans
dérobés à leurs parens pour les dépouil-
ler ; je souffrais mortellement ; ma
peine redoubla lorsque je vis mon mari
revenir seul : alors il ne me fut plus
possible de me contenir ; je courus
tout le jardin, jetant des cris perçans,
demandant mon cher enfant à tout
ceux que je rencontrais. Mon pauvre
mari suivait mes pas en me suppliant
de me calmer : j'étais sourde à se
prières auxquelles je ne répondais autre
chose, que mon fils est perdu pours
moi ! Je ne le reverrai jamais !

Quelque chose me disait que mon
malheur était prémédité. Nous pas-
sâmes le reste du jour dans d'infruc-
tueuses recherches. Quelle fut hor-

rible la nuit qui suivit cette fatale
journée ! Mon mari la passa à parcourir tous les lieux publics pour recommander son fils à tous ceux qui pouvaient recueillir un enfant égaré. Il revint au point du jour, excédé de douleur
et de fatigue ; il m'en déguisa la moitié
en me donnant un espoir qu'il n'avait
pas. La bonne n'avait pas osé reparaître ; cependant il nous importait
fort d'apprendre d'elle les circonstances qui avaient dû précéder cette
cruelle disparition. Nous la fîmes
chercher de suite chez les personnes
desquelles nous la tenions (nous l'avions
prise à Paris) ; elle revint plus morte que
vive ; elle nous dit qu'elle se rappelait
avoir vu près d'elle cet homme dont j'ai
parlé, et qui lui fit faire un demi-cer-
cle en passant brusquement près d'elle,
à l'instant que l'enfant avait quitté sa
main, et que ce mouvement le lui

avait fait perdre de vue sur-le-champ.

La mauvaise mine de cet homme nous persuada qu'il avait dû s'emparer de mon fils pour lui arracher ses habits : mais qu'en aura-t-il fait après l'avoir dépouillé ? Cette idée était affreuse. Nous employâmes pendant quinze jours tous les moyens qui s'offrirent à notre imagination, mais, hélas ! sans le moindre succès. La police fit faire des recherches dans tous les lieux destinés aux malheureux enfans abandonnés de leurs parens ; nous fîmes afficher les plus grandes récompenses. Mon mari alla jusqu'à promettre la cession de la pension à laquelle il avait droit, à celui qui pourrait ou voudrait nous assurer seulement de l'existence de notre cher enfant : tout fut inutile.

Tout le temps qu'avaient duré les recherches, quoiqu'en proie à la plus vive douleur, l'espoir y faisait quelquefois une salutaire diversion ; mais, quand il me fut démontré qu'il fallait y renoncer absolument , je ne puis vous peindre mes affreux tourmens. Mon mari n'avait pas le courage de m'offrir aucune consolation. Dirai-je qu'il était , s'il est possible de l'imaginer, encore plus affligé que moi ? Une sombre douleur, concentrée en lui-même , empoisonna le reste de ses jours ; il ne fit plus que languir depuis ce cruel accident : ses blessures se r'ouvrirent ; il cessa de s'occuper du soin de faire régler sa pension. Insensible à tout , même à mes soins , à mes plus tendres caresses , il descendit au tombeau trois années après notre événement , laissant sa malheureuse veuve sans fortune , sans parens , sans amis et sans autres ressources que celles qu'elle pouvait tirer des cruelles leçons de la plus constante adversité.

Son père était mort presque subitement en apprenant la perte de son petit-fils, qu'il aimait avec la plus vive tendresse. Ce que nous possédions se trouva presque absorbé par la longue et cruelle maladie de mon cher Ferdinand ; son père n'avait presque rien laissé. Ce peu me fut encore disputé ; je l'abandonnai pour ne pas m'embarquer dans un dédale de chicanes que je n'aurais pas eu la faculté de soutenir ; je renonçai à mes droits, n'ayant pas le moyen de les faire valoir.

Je ramassai donc le peu qui me restait, je pris un logement en raison de mes pauvres moyens, et je cherchai ceux de me procurer le nécessaire en travaillant pour y parvenir. Je passai ainsi dix années ; je ne pouvais me résoudre à quitter Paris ; j'espérais toujours que, si mon cher en-

fant n'avait pas péri, je pourrais peut-
être un jour le rencontrer. Avec quelle
avide curiosité je considérais tous les
enfans de son âge ! Que de fois je crus
l'avoir retrouvé ! Je voyais ses traits
partout, tandis qu'ils n'étaient nulle
part pour sa malheureuse mère.

Un jour, je reçus une lettre d'une
main inconnue, qui me priait instamment de me rendre à l'Hôtel-Dieu
pour y recevoir la déclaration d'une
personne mourante, et lui donner le
généreux pardon de ses torts envers
moi ; j'y volai sur-le-champ, espérant
découvrir les traces du seul objet pour
lequel je tenais encore à la vie. J'ar-
rive ; je me fais introduire à l'endroit
indiqué dans la lettre ; j'approche du
lit d'une femme qui luttait contre la
mort, et tellement défigurée par l'at-
tente de ses derniers momens, que je
ne l'eusse jamais reconnue si elle ne

m'eût appris elle-même qu'elle était
cette Sylvie qui m'avait accompagnée
dans mon exil le jour de mon premier
mariage.

Je vous pardonne de tout mon
cœur, me hâtai-je de lui dire, si vous
pouvez m'apprendre ce qu'est devenu
l'enfant qui me fut si cruellement
ravi. Je vous jure sur l'instant qui
s'approche, que je l'ignore entièrement, me dit-elle ; mais si vous voulez
me prêter quelques momens d'attention, je pourrai peut-être vous donner
les moyens de remonter à la source
qui l'a dérobé à votre tendresse ; il me
faut reprendre les choses de plus haut.

CHAPITRE IX.

JE dois avouer à ma confusion, me
dit-elle, que, peu de temps après que
vous eûtes quitté le palais, je me laissai séduire par votre beau-père ; il
n'eut pas honte de me mettre dans
la confidence de toute sa conduite
passée et de ses vues ultérieures ; il
vous aimait passionnément, et, pour
arriver jusqu'à vous, il lui parut nécessaire de s'assurer de ma discrétion
en me mettant dans le cas d'en user
pour mon propre compte. Il vit bientôt qu'il était loin du sien, et que ses
tentatives sur vous seraient absolument
nulles ; alors il changea de batterie,
et employa tous les moyens possibles
pour recouvrer les bonnes grâces du

prince ; je le servis utilement par les relations que j'avais conservées dans le palais. Madame votre mère voulait , à tout prix , vous marier ; elle voyait d'un œil jaloux les attentions de son mari pour sa fille. L'occasion se présenta comme elle le désirait. Avant de vous en parler, Valeri prit ce prétexte pour accélérer son entrevue avec le prince, qui s'ajournait indéfiniment. Il lui fit entendre qu'il était certain qu'une fois mariée , il vous trouverait plus de docilité à vous prêter à ses désirs.

Le difficile était de rencontrer cette même docilité dans monsieur Ladislas. Au cas de non réussite de ce côté , Valeri proposa au prince de vous faire conduire dans une maison qui lui appartenait , et qu'il avait achetée sur les frontières du côté de la Flandre , pour y mettre ses pauvres parens et les tenir ainsi éloignés de lui, sans pour-

tant les laisser dans la misère où ils
végétaient dans les montagnes de l'Auvergne. Tout étant ainsi disposé, il
jeta quelques mots en l'air, que monsieur Ladislas rejeta avec horreur et
mépris. N'ayant rien à se promettre
de lui, il lui vint dans la tête de le
faire servir lui-même d'instrument à
votre perte, pour le perdre ensuite
dans votre esprit ; car il était horriblement jaloux de l'affection que vous lui
portiez. J'étais payée pour me taire et
pour empêcher que vous puissiez con-
verser seule avec votre futur époux,
ni recevoir rien de sa main ; j'étais
fidèle à mon poste : la jalousie me rendait surveillante. Si je n'aimais pas
précisément Valeri, j'étais à lui ; je
me croyais des droits à sa tendresse,
et j'étais furieuse de voir que je n'étais,
à ses yeux, qu'un vil instrument de sa
passion pour vous.

Je ne perdais aucune occasion de
l'aigrir contre vous, en lui peignant
des plus fortes couleurs l'amour que
je vous supposais pour celui à qui vous
étiez destinée. Pardon, ah ! mille
fois pardon, Madame ! mais nos
fréquens tête à tête se passaient à chercher les moyens de vous faire payer
bien cher notre mutuelle jalousie.
Cependant, lorsqu'il m'apprit que le
prince avait tout à fait renoncé à ses
projets sur vous, et qu'il m'avoua qu'il
était disposé à profiter, pour son
compte, des moyens qu'il avait prépa-
rés pour vous enlever à votre époux le
soir même de vos noces, je fus prête
à tout vous révéler. Rappelez-vous que
je tentais de gagner votre confiance,
et qu'alors vous ne m'en crûtes pas
digne : vous rejetâtes avec hauteur mes
offres de service ; le dépit s'en mêla ;

alors je me prêtai à tout ce qu'il exigea
de moi.

Vous vous rappelerez encore dans
quel trouble le consentement du
prince vous jeta par son contenu ; quels
soupçons il éleva dans l'âme de monsieur Ladislas. Il épia le moment de
me trouver seule, et me supplia, par
des argumens irrésistibles, de lui en
expliquer ce qui lui paraissait obscur.
Je me fis prier long-temps ; enfin je lui
avouai que le bruit courait que le
prince avait eu des vues sur vous. —
Comment, me dit-il, elle passe pour
être sa fille ! — Cela, lui dis-je, n'est
rien moins qu'avéré ; sa mère était
mariée avec Valeri près de deux ans
avant sa naissance, et il est certain
que, malgré la défense du prince, il
existait entre eux une liaison secrète
qui, venant à sa connaissance, causa

leur disgrace ; mais le prince fit élever
mademoiselle comme sa fille jusqu'à
près de dix-sept ans, qu'elle quitta
celui que tout le monde lui donnait
pour père, sans que personne connût
ses motifs autrement que par les bruits
dont je vous ai parlé.

Je ne me serais jamais douté de
pareilles horreurs, me dit-il. Si j'avais
pu concevoir quelques soupçons, ils
fussent tombés sur son beau - père,
il m'en paraît jaloux comme un tigre.
A ces mots, je baissai les yeux sans lui
répondre : il lui fut aisé d'interpréter
mon silence ; alors il me dit : Il me
paraît qu'elle ne répond pas à ses sentimens ? mais, quoi qu'il puisse arriver, mes mesures sont prises pour
quitter cette maison le lendemain de
mon mariage, et emmener mon épouse
loin de ceux qui voudraient attenter à
mes droits. Alors il me fit promettre

avec serment de servir ses intérêts, et
me promit une récompense propor-
tionnée aux services qu'il attendait de
moi.

Je rendis fidèlement toute cette
conversation à Valeri ; il en fut en-
chanté : elle servait merveilleusement
ses vues. Nous ourdîmes alors sûrement
la trame dirigée contre vous, Monsieur ;
Ladislas et Valeri firent chacun de leur
côté les dispositions nécessaires pour
vous enlever de chez vous. Valeri prit
les devants , sûr de son fait, puisque
votre départ avec votre époux était
arrêté pour quatre heures du matin ;
il devait vous y disposer dans le peu
d'heures qu'il devait passer avec vous ;
il m'avait recommandé de ne pas me
mettre au lit , et de faire vos malles à
la hâte pour partir sans bruit , pendant
que toute la maison serait plongée
dans le sommeil. Valeri , bien instruit

de toutes ces circonstances, n'eut pas
de peine à faire retomber sur votre
époux votre disparition. Les présens
du prince leur parurent à tous deux
comme une bonne fortune pour les
aider dans leur entreprise. Chacun
d'eux me prescrivit de les placer de
manière à pouvoir s'en emparer. Monsieur Ladislas devait les emporter avec
vous, et Valeri se les approprier sitôt
après votre départ; ce qui fut exécuté.
J'appris donc ce qui va suivre après
mon retour d'auprès de vous.

Je passe sous silence la manière dont
eut lieu votre départ, puisqu'elle vous
est connue : ce fut Valeri qui vous
mit dans la chaise de poste. En ren-
trant, il trouva votre époux à la porte
de votre appartement, qui en sollici-
tait l'entrée. « Je vais, lui dit-il, prier
sa mère de passer chez elle pour savoir
si elle est disposée à vous recevoir : il

me semble que voilà bien des façons
pour être admis chez sa femme. Monsieur Ladislas le pria de vous faire
assurer qu'il n'interromprait votre
repos en aucune manière, qu'il désirait être près de vous, pour vous donner lui-même les soins qu'exigeait
votre santé. — Si vous écoutez ces
petites grimaces, vous n'en finirez pas.
—C'est mon affaire, lui répliqua sè-
chement votre époux. — A votre aise,
Monsieur, je vais porter vos ordres à ma
femme. Vous savez qu'il fallait passer
chez elle pour entrer chez vous ; elle
était encore dans la salle du bal, d'où
votre époux ne faisait que de sortir.
L'assemblée était très - nombreuse.
Valeri entra donc dans l'appartement
de sa femme qu'il savait bien n'y pas
être ; il passa dans le vôtre, s'empara
de vos bijoux et des mille louis placés
à dessein par moi ; puis il ressortit et

fut dans le salon dire tout haut à Madame : Le marié est à la porte de l'appartement de sa femme, qui peste de
tout son cœur : il n'y a que vous, ma
chère, qui ayez le droit de la lui faire
ouvrir. Votre mère murmura et dit
que la santé de sa fille demandait plus
de considération, et que rien n'était
plus déplacé que cet empressement
hors de saison. Elle vint en achevant
cette phrase. Monsieur Ladislas lui dit :
Déplacé ou non, Madame, je prétends
entrer de suite dans l'appartement de
ma femme ; alors Madame frappa à
plusieurs reprises. Personne ne répon-
dant, vous voyez, dit-elle, que ma
fille repose et qu'elle a renvoyé jusqu'à sa femme de chambre. De grace,
encore quelques momens ! Qui vous
presse si fort ? n'est-elle pas à vous ?

Monsieur Ladislas consentit à laisser
passer encore une heure ; mais son

impatience était si visible, qu'elle lui attira une nuée de plaisanteries de la part
des assistans ; il prit le parti de s'évader
encore une fois pour descendre à la cui-
sine, comptant m'y trouver avec les autres domestiques. Ne m'y trouvant pas,
il se figura que j'avais eu mes raisons
pour ne pas répondre, et que j'étais
occupée des préparatifs de notre départ. Connaissant les êtres de la maison, et mettant de côté tout le déco-
rum d'usage, il passa par l'appartement de sa belle-mère pour entrer,
sans être annoncé, dans celui de sa
femme, qu'il trouva vide. Vous jugez
de son étonnement ! il sonna d'une
telle force que, maîtres et valets ac-
coururent en même temps ; alors votre
époux leur dit : Jouons-nous la comédie ici ? Où est ma femme ? Vingt
voix répétèrent à la fois ; Où est Madame ? où est Sylvie ? Il fut bientôt

certain que nous étions disparues l'une
et l'autre. On s'aperçut aussi vîte que
l'argent et les bijoux avaient pris la
même route, du moins on dut le penser ainsi ; mais, par malheur, dans
notre précipitation à nous échapper,
nous laissâmes sur la cheminée la lettre
que je vous avais remise dans la soirée,
et qui déposait contre votre époux ;
il se trouvait seul dans l'appartement ;
point de doute qu'il ne se fût emparé
des effets qu'il vous défendait d'emporter, et qu'il n'eût, à son tour, joué
la comédie pour détourner les soupçons de dessus lui. Le ciel, disait-on,
avait permis que la lettre fût oubliée,
pour mettre au jour toute sa scélératesse.

Vous jugez, Madame, de l'effet
que dut produire une pareille accusa-
tion sur l'esprit d'un homme d'honneur ; il ne fut plus maître de lui ; il

terrassa tous ceux qui firent mine de
l'approcher. Madame votre mère jetait
les hauts cris : le vacarme fut tel que
tout le voisinage en fut éveillé. On fut
chercher la garde, et votre époux, sur
la déposition de toute la maison, fut
provisoirement conduit à la maison
d'arrêt militaire. La chaise de poste, qui
arriva à quatre heures pour vous prendre, changea les soupçons en certitude.
On tint conseil si l'on informerait le
prince de cet incident. Madame était
pour l'affirmative ; mais Valeri dit avec
un air hypocrite, qu'il fallait aupara-
vant savoir de lui ce qu'étaient deve-
nues les fugitives, et ne pas perdre un
brave militaire qui avait sans doute
quelques motifs cachés pour en agir
ainsi. Quand il fut seul avec sa femme,
Valeri lui fit entendre qu'il était possible que monsieur Ladislas eût appris
quelque chose des prétentions du

prince, et qu'il était vraisemblable qu'il eût cherché à y soustraire sa femme ; que, quant à l'argent et aux bijoux, ils étaient bien à lui, s'il pouvait prouver que sa femme fût partie de son consentement ; que le bruit qu'il avait fait, et la surprise qu'il avait feinte, n'avaient encore rien que de très - naturel, puisque c'était le moyen de soutenir qu'il ignorait ce qu'était devenue sa femme.

On convint donc d'assoupir cette affaire autant que possible. Valeri se donna tous les mouvemens nécessaires pour y parvenir ; il vint à bout de procurer assez de liberté à Ladislas pour qu'il pût s'échapper et fuir dans sa patrie jusqu'à nouvel ordre ; il lui en fit donner le conseil. Ladislas, de son côté, avait des amis chauds qui parvinrent, par mon organe, à découvrir le lieu de votre retraite ; mais j'ajoutai

11.

que vous y étiez de votre plein gré,
et que vous y attendiez ou le prince
ou Valeri ; je leur donnai le mot
d'ordre, tel qu'il était convenu entre
Valeri et moi, qui voulait vous aller
trouver, et que je retenais toujours,
en le menaçant de tout découvrir ; il
reçut, au bout de quelques mois, une
lettre qui lui annonçait que vous ve-
niez de partir avec un homme de
trente-six ans à peu près, qui paraissait
bien courroucé contre vous. Valeri
prit la poste sur-le-champ, mais n'en
put apprendre davantage.

Il ne douta plus que ce ne fût Ladislas ; mais il se mit inutilement l'esprit à la torture pour deviner par
quelle voie il avait pu être instruit du
lieu de votre retraite. Je n'avais garde
de le lui apprendre : c'était lui qui
m'avait rappelée d'auprès de vous, suivant nos conventions. Je m'étais tenue

cachée quelque temps ; mais l'ennui
me gagnant, je sortis et fus rencontrée
par un des amis de monsieur Ladislas,
qui me mena dans un café, et, moitié
menaces, moitié promesses, il tira de
moi ce qu'il lui importait de savoir.
J'eus la précaution de mettre le prince
en jeu, pour l'obliger à la discrétion :
il savait aussi bien que moi qu'il ne
fallait pas se mettre à dos un pareil
adversaire ; d'ailleurs tant de choses
déposaient contre son ami, que le
plus sage parti était le silence pour
vous retirer des mains de vos ennemis.

Je pétillais d'impatience en écoutant
ce récit, qui fut interrompu par sa faiblesse ; je la suppliai, en joignant les
mains, de me donner le peu de lumières qu'elle m'avait promis sur l'enlèvement de mon fils. Je craignais que
la mort ne la surprît avant qu'elle pût

achever ce que je brûlais d'apprendre.
Elle me dit : Lorsque vous eûtes chassé
Valeri de votre présence, il forma le
projet de vous enlever votre fils pour
se venger du mépris que vous aviez
toujours eu pour lui. Il me communi-
qua son projet ; je l'approuvai en lui faisant donner sa parole qu'il ne serait fait
aucun mal au pauvre innocent ; il char-
gea donc un misérable qui n'avait que
ses bienfaits pour vivre, de cette nouvelles scélératesse. Ils convinrent que
l'enfant serait mené chez la sœur de son
complice, qui demeurait à onze lieues
de Paris, et que, moyennant une
petite somme par an, il serait élevé
parmi ses enfans ; car on pensait bien
qu'en le mettant aux enfans trouvés,
vous l'eussiez bientôt reconnu et repris avec vous, sans qu'il fût possible
de s'y opposer. Comment se nomme,
lui dis-je en tremblant, l'endroit où

fut mené mon fils ? — Je ne puis m'en rappeler, me dit-elle; j'ai seulement su, je ne sais trop comment, qu'il fut retiré de chez la sœur du malheureux qui vous l'enleva, par un monsieur qui, je crois, l'adopta pour son fils bien peu de temps après qu'il vous fut ravi.

CHAPITRE X.

L'AGITATION de monsieur Précourt
devint telle que Margeline en parut
inquiète. Adélaïde le regardait avec
des yeux étonnés : Qu'as-tu , mon
ami ? — Un doute flatteur s'élève dans
mon âme ; je n'ose m'y livrer dans la
crainte de me voir déchu de mes espérances , lui répondit son époux. Madame , dit-il en regardant Margeline ,
et cherchant dans ses traits quelques
indices qui confirmassent ses soupçons, votre époux, le père de ce fils
que vous regrettez encore , qui fut si
cruellement ravi à votre amour, son
père , dit-il en hésitant , n'avait-il pas
une cicatrice au front , qui lui parta-
geait le sourcil gauche ?—Oui , Mon-

sieur. — Ciel ! s'il était possible !
N'avait-il pas perdu la première pha-
lange de l'indicateur de la main droite ?
— Oui , Monsieur. Auriez-vous connu
mon mari ? — Je suis son fils , dit-il
en se précipitant dans les bras de Margeline , et j'embrasse la plus tendre de
toutes les mères , celle à qui je dois
une seconde vie , puisqu'elle m'a conservé ma chère Adélaïde !

Que d'autres que moi entrepren-
nent de peindre les divers mouvemens
qui s'élevèrent dans l'âme de ces trois
personnes. Les expressions ne pour-
raient que les affaiblir. Il est aisé d'y
suppléer en se mettant un instant à leur
place. Tous les trois dans les bras l'un
de l'autre , s'enivraient d'un bonheur
inespéré , mais qui cicatrisait de
longs malheurs. Margeline retrouvant
un fils digne d'elle , une bru qu'elle
avait formée à son image , qui lui de-

vait tout , qui l'aimait si tendrement ,
dont le respect égalait la tendresse , le
cœur humain suffit difficilement à tant
de félicité : aussi la sensible Margeline,
quoique parvenue à l'âge où cette
même sensibilité s'émousse pour le
mal comme pour le bien , perdit ,
pour ainsi dire , quelques instans la
faculté de sentir. En vain ses enfans
la couvraient de baisers , arrosaient ses
mains des larmes du bonheur ; elle ne
leur répondait que par des soupirs qui
s'échappaient de son sein oppressé sous
le poids d'autant de biens à la fois ,
qu'elle avait éprouvé de maux dans une
vie déjà bien près de sa fin , à en juger
par les calculs les plus probables.

Cet état violent ne peut durer long-
temps , sans faire éprouver la crainte
d'y succomber. Tous les mortels, après
de longues traverses , ne peuvent supporter sans danger ce passage subit et

pourtant trop rare du mal au bien. Il
en est, et beaucoup, à qui cette douce
épreuve n'est pas même réservée. Monsieur et madame Précourt furent un
instant alarmés de l'espèce d'insensi-
bilité dans laquelle Margeline paraissait plongée ; elle suspendit les trans-
ports de leur joie ; mais, la voyant
revenir à elle, ils sentirent la nécessité de commander à ces mêmes trans-
ports, pour ne pas l'exposer à une re-
chûte dangereuse pour son âge.

Suis-je encore du nombre des vi-
vans, s'écria-t-elle ? ou suis-je transportée dans des régions imaginaires ?
Ah ! rendez-moi mon erreur, si c'en
est une. La vérité me tuerait sur la
place.

Ma mère, lui dit monsieur Précourt avec force, après avoir supporté
avec un courage vraiment héroïque
tous les traits de la plus cruelle adver-

silé, vous laisserez-vous abattre sous
le poids d'un bonheur que vous mé-
ritez si bien ? — Mon fils, mon cher
fils, ah! pardonne à ta mère ce moment de faiblesse; j'avais encore des
forces contre le malheur; mais, depuis si long-temps, le bonheur avait
fui loin de moi, que son retour inespéré a produit sur mes sens étonnés
l'effet d'une apparition surnaturelle
rangée dans la classe des plus trom-
peuses illusions. J'ai dû craindre d'être
abusée par un songe, et cette crainte
seule m'a plongée dans l'état d'anéan-
tissement où l'âme ne sent plus rien à
force de trop sentir. Par quel miracle
m'es-tu enfin rendu ?

—Remettons à un autre moment,
ma mère, le récit d'événemens qui
vous rappeleraient trop vivement encore ce que vous eûtes à souffrir.
Tout me dit, tout m'assure que je suis

votre fils; je n'aurais pas la hardiesse d'u-
surper ce titre sacré que je mériterais
pourtant par tous les sentimens qui en
émanent. Je vous chéris, vous respecte
et vous aime : cette reconnaissance si
douce pour mon cœur, si heureuse
pour nous trois, ne peut ajouter un
degré de plus à tout ce que je vous ai
voué depuis long-temps; mais elle va
ajouter considérablement à notre félicité mutuelle. Plus de prétexte pour
vivre loin de vos enfans; je ne vous
fais pas l'injure de descendre à la prière
pour obtenir cette grâce de vous. Vous
me devez le dédommagement de tant
d'années perdues loin du sein qui m'a
porté, qui m'a nourri, qui m'a trans-
mis, avec le lait, quelques-unes des
qualités honorées parmi les humains!
Dans quelle autre source aurais-je
puisé l'amour du bien? Ah! c'est un
héritage que je tiens de vous.

Adélaïde pleurait en silence ; elle
enviait, tout en le partageant, le bonheur de son époux ; elle se disait : Il
peut se livrer sans contrainte à tout ce
que l'amour filial a de plus délicieux.
Quoique sous les couleurs de la médiocrité la plus voisine de la misère,
il peut, aux yeux de ses concitoyens,
s'enorgueillir de celle qui lui donna la
vie ; il peut dire hautement : Mortels,
voilà ma mère ! honorez en elle celle
de toutes les vertus ; et moi, réduite
à gémir de l'inconduite des miens, je
dois m'observer jusque dans les moin-
dres détails, dans la crainte de m'entendre reprocher que je ressemble par
quelque léger trait à ceux que j'aurais
dû prendre pour modèle, s'ils eussent
voulu marcher droit dans le sentier de
l'honneur. Non, vous ne concevrez
jamais, parens insensés, qui perdez
vos droits au respect de vos enfans,

à quels tourmens affreux vous dévouez ceux qui doivent rougir un jour de vous devoir l'existence. Le respect pour les auteurs de ses jours est tellement nécessaire au bonheur des enfans, que rien au monde ne peut le remplacer.

Avec quelles délices on revient sur les premières années de sa vie ! Quel bien nous fait le souvenir de cette crainte qui nous portait à dérober à nos parens la connaissance de nos petits méfaits ! Quel bonheur nous rappelle le pardon arraché à leur indulgence ! La complaisance avec laquelle ils se prêtaient à nos caprices sans cesse renaissans, cette activité superflue, comme le dit *Jean-Jacques*, qui sied si bien à l'amour maternel, les années de la première enfance, sont les seules de notre vie qui méritent d'être appelées heureuses. Pourquoi ? C'est que ce sont

celles qui nous entourent, qui nous
enlacent dans les liens salutaires de la
plus vigilante tendresse. Tout vit, tout
respire alors pour nous procurer tout
le bien dont notre position est susceptible ; nos désirs sont des lois, nos
besoins des ordres irrésistibles. Qui ne
sent son cœur ému de regrets en con-
templant les soins que prodigue une
tendre mère à son cher nourrisson !
On se dit : Et moi aussi, je fus l'objet
de cette tendre sollicitude ! Ce temps
est bien loin, et ne reviendra jamais.

Si, à ces regrets si naturels, se joi-
gnent ceux qu'inspire la conduite
de parens inconsidérés, si on se voit
forcé de leur refuser le juste tribut de
la plus respectueuse reconnaissance,
alors plus de ce qu'on appelle bonheur ne peut exister pour celui qui
porte un cœur tendre ; il doit craindre
sans cesse de retourner sur le passé,

pour lui aider à supporter les maux présens.

Monsieur Précourt ne se méprit pas aux motifs qui faisaient couler les larmes de sa chère épouse ; il la prit dans ses bras, l'y serra tendrement. Ma chère Adélaïde sera pour ses enfans ce qu'elle est pour son époux, un abrégé de toutes les vertus ; ils s'empresseront de marcher sur ses traces et diront un jour avec un véritable orgueil : Voilà ma mère !

Adélaïde portait dans son sein de quoi réaliser de si chères espérances. Plût au ciel, mon ami, que je jouisse du seul bonheur que je t'envie ! Ah ! pour mes enfans seuls, je fais serment de ne jamais m'écarter du sentier de la vertu ! ma seconde mère m'en a tracé la route. Ma fille, lui dit Margeline, et moi, n'ai-je rien à regretter à cet égard? Etes-vous, sous ce rapport, plus

4.   12

infortunée que je ne le fus ? Une mesure égale de vices et de vertus fut le
partage des humains ; la répartition
n'en est pas aussi juste ; c'est à vous de
vous charger de ce qui échappa du
lot de vos parens ; que votre vie fasse
oublier la leur, et que leur exemple ne
soit pas perdu pour vous ; qu'elle épar-
gne à vos enfans des larmes bien amères et bien douloureuses. Mais pourquoi empoisonner de si doux momens ! Livrons-nous au bonheur d'être
réunis pour ne plus nous quitter.

Ces larmes, ces sombres réflexions,
avaient rétabli l'équilibre, et tempéré
l'excès du bonheur ; alors il fut
mieux senti, mieux apprécié par ceux
qui l'éprouvaient ; ils purent s'y livrer
sans réserve ; ils se félicitèrent, se
réjouirent, se promirent de le goûter
dans toute sa plénitude ; ils virent dans
l'avenir une source toujours renais-

sante de véritable félicité ; ils com-
prirent qu'ayant largement payé leur
tribut à l'infortune , ils pouvaient
compter sur des jours sereins , tels
qu'ils sont ordinairement après l'orage.

Le reste de la journée se passa à se
féliciter mutuellement, et à former
des projets pour obtenir des parens
d'Adélaïde , qu'ils vinssent se réunir
au reste de la famille , espérant que
l'exemple et les conseils de Margeline
influeraient assez sur eux pour produire
une révolution favorable et désirée par
leur chère fille, qui ne pouvait être véritablement heureuse en vivant loin d'eux
et dans une espèce de disgrace qu'elle
sentait n'avoir pas réellement méritée.

Margeline voulut enfin entendre de
la bouche de son fils, par quels moyens
il avait été conservé à son amour, et le
nom du mortel bienfaisant qui lui avait
tenu lieu de tout. S'il existait encore ,

elle voulait porter à ses pieds le tribut de sa juste reconnaissance. Il n'a rien négligé , disait-elle ; pour seconder les heureuses dispositions que mon fils tenait de la nature. Que d'obligations ! et comment les acquitter jamais?

CHAPITRE XI.

Histoire de Monsieur Précourt, qu'il conta ainsi :

Je me rappelle parfaitement l'instant où je vous fus ravi, et l'espèce de vêtement que je portais. Quoique dans un âge fort tendre, je trouvais du plaisir à me voir si richement paré. L'or a le pouvoir d'éblouir les humains aussitôt qu'ils ouvrent les yeux ; je me rappelle encore mieux peut-être la figure de mon père, et l'étonnement que me causait son doigt plus court de beaucoup que les autres. Dans ma petite judiciaire, je comparais les miens, et, les trouvant à peu près tous égaux, j'avais demandé plusieurs fois à mon père la cause de cette différence ; il me répondait : Je l'ai perdu à la guerre, mon petit ami ; puis il me montrait sa cicatrice en me disant : C'est un coup de sabre que j'ai reçu dans le visage. Je baisai cette cicatrice comme pour consoler mon père du mal qu'il avait dû sentir ; j'en jugeais par les petites blessures que je m'étais faites quelquefois en tombant : ces petites particularités se sont retracées à ma mémoire à mesure que je grandissais, et m'ont aidé à me faire reconnaître par mon excellente mère, dit-il en regardant la sienne avec amour.

Au moment où vous suivîtes avec mon père le mouvement général produit par l'apparition du ballon, je quittai la main de ma bonne, et rencontrai celle d'un individu que je ne connaissais pas ; je retirai d'abord la mienne qu'il serrait assez fort. N'ayez

pas peur, mon petit ami, je vais vous
mener à votre maman; mangez ceci en
attendant. Il me mit dans l'autre main
une pièce de pâtisserie que je mangeai
de bon cœur, tout en cheminant avec
lui, sans dire mot; mais, quand j'eus
fini de manger, je me mis à pleurer;
alors il me prit dans ses bras, et me dit:
Nous irons plus vîte trouver ta maman.
Je crois que je fis de cette manière un
fort long trajet, après lequel nous arrivâmes dans une rue assez déserte; nous
montâmes tout au haut d'une maison;
il ouvrit une porte, me déposa dans
une chambre qui, m'étant tout-à-fait
inconnue, excita de nouveau mes
pleurs et mes cris. D'abord cet homme
essaya de m'appaiser en me promet-
tant que maman allait venir me chercher tout à l'heure. Comme mes cris
continuaient toujours, il me menaça
du fouet d'un ton de voix si rude qu'il

me calma sur-le-champ ; il me désha-
billa et me revêtit d'une petite jaquette
assez propre , et me dit qu'il ne fallait
pas gâter mes beaux habits.

J'avais le cœur bien gros ; mais je
n'osais pleurer ; il me fit quelques caresses , et me dit entre ses dents :
Pauvre petit B..., c'est pourtant dommage ! Il me donna quelques jou-
joux , et me dit d'être bien sage , qu'il
allait chercher maman ; il sortit et me
laissa seul ; alors mes cris recommen-
cèrent quand je pensais qu'il ne pouvait m'entendre. Après avoir crié long-
temps , je m'endormis. Je ne peux
savoir combien dura mon sommeil ;
mais , en m'éveillant , je me trouvai
sur les genoux de mon ravisseur, dans
une voiture que, depuis, j'ai cru être
une diligence ; il me donna à manger.
Ma première parole fut maman , je
veux voir maman ! Il me dit : Ne pleure

pas, mon petit, nous allons la voir.
Nous fîmes, comme je l'appris par la
suite, onze lieues pour arriver à notre
destination : c'était donc chez la sœur
de celui qui s'était chargé de m'enlever que je fus déposé. Cette femme
me caressa beaucoup ; elle ne cessait
de répéter : Pauvre petit ! les vilains
parens ! Elle me demanda mon nom ;
je lui répondis très-bien : *Emmanuel
Bouchard.*

Vous devez vous rappeler que,
grâces à vos tendres soins, je commen-
çais déjà à épeler assez passablement.
Tout le village vint me voir le même
jour, et cette bonne femme me montra
comme un prodige, parce qu'ayant
trouvé chez elle un morceau de papier
imprimé, j'avais donné un échantillon
de mon savoir. Je passais donc pour
un enfant abandonné par de barbares
parens, et recueilli par un homme

généreux, mais hors d'état de me faire
élever à Paris. Quoiqu'enfant, j'eus
beaucoup de peine à m'accoutumer à
ce nouveau genre de vie; j'étais triste
et languissant. Un négociant fort aisé
avait quelques biens de terre dans ce
pays; il y vint six mois après que j'y
fus : on lui conta mon histoire; il me
trouva les manières plus gentilles
que celles de mes petits camarades;
il me recommanda aux soins de ma
nourrice, c'est ainsi que je la nom-
mais, et promit de prendre soin de
moi par la suite; il doubla la somme
qu'elle recevait chaque mois, et qui
cessa bientôt de lui être payée quand
cette circonstance fût sue par mes
ravisseurs. Le curé du canton me vit
aussi avec une sorte d'intérêt; il voulut
bien continuer ce que vous aviez com-
mencé, de façon que je passai bientôt pour un enfant extraordinaire, et

que par-là j'intéressais davantage mon
cher bienfaiteur.

Il pria le curé de vouloir bien me
prendre tout à fait chez lui ; il avait une
nièce qui prit pour moi la plus tendre
affection ; j'eusse été réellement son
fils, qu'elle ne m'eût pas prodigué
plus de soin. Je restai dans cette douce
position jusqu'à l'âge de quatorze ans ;
je fis mes études sous l'égide du curé,
qui était bonhomme dans le fond,
mais d'une sévérité extrême. Mon
bienfaiteur avait voulu que je portasse
son nom ; il se nommait Précourt ; je
l'ai conservé par un sentiment de reconnaissance, car j'avais été informé
que ce n'était pas celui que j'avais
reçu en naissant. Je devais me croire
en effet un enfant rejeté du sein pater-
nel, et mon véritable père était celui
qui m'avait nourri.

Cependant il m'était arrivé quelque-

13.

ois des affaires avec mes rustauds de
camarades, qui m'appelaient petit bâ-
tard. Ce nom me mettait en fureur;
je me battais comme un lion, pour
éviter par la suite de nouveaux incidens qui seraient devenus plus sérieux
à mesure que je prenais de l'accroissement. Mon bienfaiteur, en me retirant
de chez le curé, me fit passer pour son
neveu. Il avait un frère en Amérique,
qui y mourut dans l'indigence; il me
présenta à ses connaissances comme
le fils de ce frère qui s'était vu con-
traint de le laisser en France; il n'avait
jamais voulu me laisser ignorer mon
état, non dans l'intention de faire
valoir ce qu'il faisait pour moi, mais
pour m'aider, au besoin, à reconnaître
ma véritable famille. Il avait eu la
précaution de déposer chez un notaire
un acte circonstancié du peu qu'il savait sur mon sort, cette précaution me

devint fort utile ; elle me tint lieu des
formalités voulues par la loi pour con-
tracter un engagement quelconque.
Pardon, ma chère Adélaïde, si vous
ne fûtes pas informée plus tôt de ces
circonstances. En vous épousant après
avoir été le mari d'une autre femme,
cette découverte n'était pas nécessaire,
et pouvait jeter une sorte de défaveur
sur l'époux que vous aviez choisi. Pou-
vais-tu le croire, mon ami, lui répondit tendrement son épouse? En
supposant, qu'avais-je à te reprocher?
Ne suis-je pas moi-même un enfant
abandonné, recueilli par la bienfai-
sante humanité? C'eût été un rapport
de plus entre nous. Espérons qu'à mon
tour j'aurai le bonheur de retrouver
mes parens.

Après être sorti de chez le curé,
continua monsieur Précourt, mon
bienfaiteur me fit entrer dans une

maison de commerce où je passai
deux ans, pendant lesquels j'eus le
malheur de le perdre ; il mourut subitement sans avoir fait aucune disposition en ma faveur. Ses affaires absor-
bèrent tout son avoir, et il ne me resta
de ses bontés que le peu de talens que
j'avais acquis par ses soins. Je sentis le
besoin de les faire valoir : le négociant
chez lequel je fis mon apprentissage,
était fort lié avec monsieur Liénard,
qui me demanda un jour si je voulais
bien consentir à l'échange qu'il venait
de proposer à son ami qui, ayant
besoin d'un commis voyageur, lui demandait un des siens plus en état que
moi de remplir cette place. Je n'avais
pas d'objection raisonnable à former;
l'échange se fit, et, pendant huit
années, je n'eus qu'à me louer d'y avoir
consenti : le reste vous est connu,
Mesdames.

— Ainsi, dit Margeline, je serai donc privée du bonheur de rendre mes actions de grâces au mortel révéré qui m'a conservé mon fils?—Il n'est plus, ma mère ; mais celle qui m'en tint lieu vit encore, ainsi que son sévère oncle. Nous pouvons, si vous le voulez, aller tous ensemble la payer de tout ce qu'elle a fait pour moi, en lui apprenant mon bonheur d'avoir enfin retrouvé celle qu'elle voulut bien suppléer. Vous verrez en elle la bonté dans toute sa perfection ; elle seule, avec la sagacité de son sexe, n'a jamais voulu croire que je fusse un enfant abandonné. Mes petites manières, ce que je savais déjà dans un âge si tendre, lui prouvaient au contraire que j'étais un enfant chéri, enlevé par quelque accident à la tendresse de parens mortellement affligés de ma perte ; aussi fit-elle tout ce qui dépendait d'elle pour

m'élever comme elle supposait que
j'aurais dû l'être par les auteurs de
mes jours, pour lesquels elle ne cessa
de m'inspirer tous les sentimens que
je leur aurais dus, si j'avais vécu près
d'eux.

~~~~~~

CHAPITRE XII.

Ainsi qu'ils l'avaient projeté , ces
trois personnes , unies désormais par
les liens du sang , comme par tous les
sentimens chers au cœur de l'homme
de bien , partirent pour la Picardie
pour revoir celle qui avait si bien rem-
placé la mère de Précourt. Sur leur
route , se trouvait l'habitation des
parens d'Adélaïde ; elle supplia son
mari de l'y conduire ; elle espérait ,
ou plutôt elle désirait pour elle-même
le bonheur dont elle l'avait vu jouir en
retrouvant sa mère. Qui sait , se disait-
elle , si le temps n'a pas opéré un chan-
gement favorable dans l'âme de mes
bien-aimés parens ? Ils reverront leur
fille , et se laisseront toucher à l'aspect

des sentimens de joie qu'elle laissera
éclater à une si chère vue ; puis, l'état
où je me trouve aura sans doute des
charmes pour eux. L'espoir de revivre
dans leurs petits-enfans, leur rendra
plus chère celle dont ils attendent cette
douce jouissance.

Adélaïde cherchait à s'étourdir elle-
même, à se déguiser les torts de ceux
dont elle tenait la vie ; elle se fût vo-
lontiers reconnue coupable ; elle eût
imploré le pardon des fautes qu'elle
n'avait pas commises, si, à ce prix,
elle eût pu retrouver la tendresse de
ses parens ; son cœur battait avec force
à l'approche de cette entrevue tant
désirée ; son mari et sa belle-mère la
conjuraient de se calmer et de se préparer à tout événement. Croyez-vous
qu'ils me repousseront, qu'ils reste-
ront insensibles à mes tendres suppli-
cations ? Cela ne me semble pas pos-

sible. Prête, à mon tour, à devenir mère, je sens que ce titre si doux à porter doit disposer l'âme à la plus vive tendresse.

Ils arrivèrent enfin ; Adélaïde demanda la permission de se présenter seule d'abord, pour ne pas rendre son mari témoin des premiers mouvemens, s'ils ne lui étaient pas favorables. Monsieur Précourt et sa mère restèrent dans une auberge voisine, et Adélaïde se fit accompagner par sa femme de chambre, à qui elle eut grand soin de recommander le silence sur tout ce qui pourrait se passer de fâcheux entre elle et ses parens. Arrivée à la porte, elle tremblait comme une criminelle prête à être interrogée par des juges sévères, et cependant elle venait de bien loin chercher des parens qui l'avaient repoussée, et qui ne subsistaient que des bienfaits de son mari.

Elle sonna et dit au domestique qui vint ouvrir, qu'elle désirait parler à ses maîtres de la part de madame Précourt, leur fille. « Allez dire à la personne qui se présente de cette part que nous ne connaissons pas de fille dans celle qui porte ce nom. Ce domestique revint balbutier cette réponse avec beaucoup d'embarras. Retournez, lui dit-elle, je vous prie, dire qu'Adélaïde Liénard demande avec instance de se jeter aux pieds de ses parens. Qu'eût dit de plus une fille coupable de la plus noire perfidie envers les parens les plus indulgens? Monsieur et madame Liénard crurent que ce ton suppliant ne pouvait venir que par suite des mauvais procédés du mari de leur fille qui se trouvait forcée de recourir à eux; alors ils consentirent à la recevoir, pour se procurer le plaisir de la voir punie comme elle leur paraissait le mériter, après avoir forcé leur consentement pour épouser un homme qu'ils détestaient d'autant plus qu'ils lui devaient tous leurs moyens d'existence. Il est pourtant malheureusement dans la nature des êtres tellement organisés, que les bienfaits qu'ils ne peuvent se dispenser de recevoir, les irritent au point de regarder comme leur véritable ennemi celui dont ils les tiennent !

Telles étaient les dispositions de monsieur et madame Liénard, lorsque la tremblante Adélaïde embrassa leurs genoux. Que venez-vous faire près de ceux que vous avez abandonnés, lui demanda son père ? — Je viens solliciter le pardon de mes torts involontaires, et réclamer la tendresse de mes parens , sans laquelle il n'est plus de bonheur pour moi. — Etes-vous seule dans ce pays ? — Mon mari et sa mère m'attendent à deux pas d'ici. — Sa mère ! — Oui , il a eu le bonheur de la retrouver, et moi, je viens redemander la mienne. Prête à le devenir moi-même , j'ai cru sentir qu'il était impossible de rien refuser à son enfant. —Quand un enfant méconnaît la tendresse paternelle, et passe, malgré elle, dans les bras de son plus cruel ennemi, il n'a plus rien à prétendre ; le cœur de ses parens lui est entièrement fermé.

Adélaïde fut sur le point de s'évanouir à ces cruelles paroles ; mais un mouvement de l'enfant qu'elle portait dans son sein , lui donna la force de supporter ce premier choc, et de plaider avec une sorte de courage la cause de son mari. Elle se releva, et dit avec autant de dignité que de douceur:

Monsieur Précourt, dont je m'honore
de porter le nom, n'acquit ses droits à
ma tendresse, que par ce qu'il fit toute
sa vie pour se rendre utile et agréable
à mes parens. S'il n'a pas réussi, sa
volonté ne fut jamais en défaut ; je lui
dois compte de tout ce qu'il fit pour
eux : tout ce que je vois ici dépose
en sa faveur. Si je suis descendue jusqu'à la prière pour recouvrer le seul
bien que j'envie, le seul qui manque
à mon bonheur, c'est que j'ai consulté
mes devoirs avant mes droits ; je suis
venue seule pour ne pas rendre mon
mari témoin d'une humiliation qu'il
n'eût pas soufferte : elle ne m'a rien
coûté ; je ne me la reprocherai jamais,
quel qu'en soit le résultat ; mais je fais
ici le serment que jamais elle ne sera
subie inutilement par ceux qui me
devront l'existence ; je sens trop ce

que coûte l'inflexibilité des parens,
pour y exposer mes enfans.

Un torrent de larmes suivit l'effort
qu'elle venait de faire sur elle-même.
Sa mère, qui jusque là n'avait encore
rien dit, ne fut plus la maîtresse de
résister aux larmes de sa fille ; elle lui
ouvrit ses bras ; celle-ci s'y précipita,
et ses regards supplians invitèrent son
père à venir mêler ses caresses à celles
de son épouse et de sa fille. Il les embrassa toutes deux, en disant : Que
tout soit oublié, et que ton mari vienne
embrasser aussi les parens de sa femme
qui, dès ce moment, deviennent les
siens. Adélaïde retomba à leurs genoux pour les remercier mille fois du
généreux pardon qu'ils voulaient bien
lui accorder ; elle se flatta que le passé
allait se perdre dans un avenir plus
heureux. Cet espoir était vain. Si ses

parens consentaient à lui rendre la tendresse qu'elle n'avait jamais mérité
de perdre, ils n'abjuraient pas cette
disposition à la prodigalité qui avait
causé leur malheur, celui de leur fille,
et qui lui préparait encore quelques
chagrins que la tendresse de son mari,
de ses enfans, de sa belle-mère, lui
rendit plus supportables. Il est des
êtres absolument incorrigibles : ses
parens étaient de ce nombre ; mais la
fermeté de monsieur Précourt prévint
tous les dangers qui auraient pu en
résulter : en mettant des bornes à ses
bienfaits, il les força, malgré leurs
fréquens murmures, à en mettre à
leurs dépenses.

CHAPITRE XIII.

Cependant Adélaïde se hâta de faire
prévenir son mari et sa belle-mère
qu'ils étaient attendus. Monsieur et madame Liénard les reçurent assez bien et
reconnurent de suite cette pauvre Margeline chez laquelle ils avaient été pour
tâcher de découvrir la retraite de leur
fille. La pensée va vîte. Quoi! Précourt
n'est que le fils d'une pauvre villageoise ! cette pensée perça, malgré
eux, dans leur politesse ; ils ne voulu-
rent pas se ressouvenir que cette pauvre villageoise occupait toutes les têtes
pour deviner qui elle était, et qu'eux-
mêmes avaient formé mille conjec-
tures sur son compte, malgré l'appa-
rante simplicité qu'elle avait mise

dans ses réponses, lorsqu'ils furent
chez elle.

Adélaïde était ivre de joie. Comme
elle le désirait ardemment, elle croyait
avoir recouvré tous ses droits à la tendresse de ses parens. Monsieur Précourt et Margeline en jugèrent autrement ; ils virent bien ce qu'il leur en
coûtait pour contenir leur ressentiment ; leur curiosité était fort vive
pour apprendre de quelle manière
Précourt et son épouse usaient de leur
fortune, quel était le nombre de leurs
domestiques, combien ils avaient de
chevaux, de voitures, s'ils voyaient
grande société, s'ils comptaient prendre bientôt une maison à Paris. Ma
maison est fort simple à présent, répliqua monsieur Précourt ; ma chère
Adélaïde veut bien s'en contenter.
Lorsque j'aurai satisfait à tous mes en-
gagemens, si mon épouse le désire

nous pourrons l'augmenter, sans rien
ajouter à notre bonheur par un luxe
à peu près inutile ; mais enfin, il
faut céder à l'usage, et occuper autant
de bras qu'on le peut : c'est une dette
aussi sacrée que les autres, dont je
m'acquitterai avec le temps.

Monsieur et madame Liénard étaient
bien près de hausser les épaules de
pitié, en entendant ainsi parler un
homme qui jouissait de cent vingt
mille francs de revenu ; ils disaient
comme Molière, mais dans le sens
opposé : *Où la fortune va-t-elle se nicher ?* Ils ne voulaient pas se ressouvenir qu'ils avaient fait cinq cent mille
francs de dettes, et que cet homme si
petit, si mesquin dans sa dépense,
s'était promis d'acquitter le tout du
moment qu'il était devenu le mari de
leur fille.

Monsieur Précourt ne voulait pas,

à son tour, que les créanciers de ses parens pussent la montrer au doigt, en lui reprochant un luxe déplacé, tandis que ces derniers restaient insolvables envers eux. Monsieur Précourt avait de l'honneur ; les parens d'Adélaïde n'avaient que de l'orgueil et de la bassesse ; ils se trouvaient très-malheureux, parce que leur gendre avait borné leur dépense à six mille francs par chaque année. Sans la crainte d'affliger Adélaïde, la justice eût voulu qu'il la réduisît encore de moitié.

Madame Liénard se plaignit à sa fille de la manière dont monsieur Précourt en agissait avec eux. Adélaïde lui répondit en soupirant : Jusqu'ici j'avais cru n'avoir que des grâces à lui rendre. Sa mère fut fort mécontente de cette réponse, qu'elle envenima en la rendant à son mari ; il sermona sa fille, et lui fit entendre qu'elle ne devait le

retour de leur bonté qu'à l'espoir
qu'elle pourrait obtenir de son mari
d'ajouter à la médiocrité de leur revenu. Je ne vous promets pas, lui dit-elle,
d'avoir la hardiesse de lui faire cette
proposition. — Comment ! lui dit son
père, n'avez-vous pas l'entière disposition de ce que vous a laissé le comte ?
— Je n'ai absolument rien en propre ;
tout est commun chez nous, et je me
suis imposé la loi de ne rien faire sans
l'approbation de mon mari et les conseils de ma belle-mère.—De manière
que vous êtes la très-humble esclave
de tous les deux?

Je suis ce qu'il a plu au sort de me
départir ; je leur dois tant à tous deux,
que je ne puis m'acquitter que par la
plus entière soumission à leur volonté.
Depuis long-temps j'ai dépendu d'eux
seuls ; l'habitude a prévalu, et il n'est
plus en mon pouvoir d'y rien changer.

Monsieur Liénard vit ou feignit de voir dans cette réponse sage et mesurée, une plainte indirecte de l'abus du pouvoir des seuls et vrais amis d'Adélaïde ; il résolut de prendre son gendre à l'écart pour s'expliquer avec lui sur ce qu'il appelait un despotisme intolérable : Je ne souffrirai pas que ma fille soit traitée en esclave ; ce n'est pas ainsi que je me suis conduit avec sa mère, puisque je lui ai sacrifié tout ce que j'avais de plus cher au monde.

Monsieur Précourt fut d'abord un peu étourdi de cette sortie. Adélaïde aurait-elle en effet porté des plaintes contre son époux ? Il hésita dans sa réponse ; mais, se croyant irréprochable, du moins dans l'intention, il répondit à monsieur Liénard : Si j'étais assez malheureux pour donner à votre fille quelques sujets légitimes de se

plaindre de moi , vous auriez raison,
Monsieur, de me faire des observa-
tions ; mais vous n'auriez jamais le
droit de me prescrire des lois. Vous
deviez peut-être pour notre bonheur à
tous , mettre quelques bornes aux
volontés absolues de madame votre
épouse ; je vous déclare ici que , si
votre fille avait jamais la prétention de
l'emporter sur ma volonté , dans les
cas importans , je ne serais pas homme
à fléchir ; je sais trop ce qu'une condescendance outrée a attiré de calamités sur elle , sur vous et sur moi ;
pour vouloir l'imiter. Jusqu'au moment où ma chère Adélaïde a revu ses
parens , elle m'a paru satisfaite de son
époux : je n'ai rien changé à mes procédés envers elle ; elle ne m'a pas mis
dans la cruelle nécessité de lui rien
refuser ; ses désirs sont satisfaits aussi-

tôt que connus. Tout est aussi bien
entre nous que cela peut être parmi
des êtres imparfaits: le mieux est, dans
tous les cas, l'ennemi du bien, et je n'ai
pas l'absurde folie de prétendre à la
perfection. Trouvez bon que , sans
nuire à personne, je sois le maître
chez moi.

Monsieur Précourt lui tourna le
dos après cette réponse ferme et déci-
sive , et donna ordre sur-le-champ de
tout préparer pour leur départ. La
pauvre Adélaïde vit en peu de jours
évanouir le désir et l'espoir qu'elle
avait conçus d'être entièrement ren-
due à ses parens; elle ne put se dissimuler qu'un rapprochement entre
eux était absolument impossible. Lorsqu'il fallut se quitter, les adieux furent
très-froids de part et d'autre. Adélaïde
versa des larmes encore bien amères ;
mais, encouragée, consolée par ceux

4.	15

qui avaient tant de droits à sa tendresse,
elle reprit sa sérénité, continua sa
route avec plus de calme, et retrouva
chez des étrangers tout ce qu'il lui eût
été si doux d'admirer dans ses parens.

CHAPITRE XIV.

Arrivés dans le pays où monsieur Précourt avait passé les douze années qui avaient suivi son enlèvement, ils furent d'abord chez la sœur de celui qui s'était prêté à cet acte inique, pour se procurer quelques nouveaux renseignemens, peut-être inutiles dans le fond, mais cependant désirables pour constater plus sûrement l'identité du fils de Margeline. Cette femme, bien innocente du crime de son frère, ne put leur apprendre ce qu'ils désiraient savoir; mais elle leur assura que s'ils voulaient bien lui donner leur parole qu'il n'arriverait rien de fâcheux à son frère, elle pourrait peut-être retrouver ses traces; que, depuis long-

15.

temps , elle s'était brouillée avec lui à
cause de sa mauvaise conduite ; qu'elle
savait qu'il ne subsistait que d'intri-
gues et de criminelles manœuvres ,
et qu'elle ne s'informait plus de lui
dans la crainte d'apprendre qu'il ne
fût repris de justice ; ils lui donnèrent
bien vîte l'assurance qu'elle demandait , et lui promirent de plus une
forte récompense , si elle parvenait à
découvrir son frère.

Pendant qu'elle allait s'occuper,
de ce soin , monsieur Précourt et sa
famille furent chez le curé qu'ils trou-
vèrent accablé d'années et d'infirmi-
tés; sa nièce lui prodiguait les plus tendres soins ; il mettait chaque jour sa
patience à de rudes épreuves. Ses infir-
mités avaient augmenté sa sévérité
naturelle; il voulait être ponctuellement servi ; il s'en prenait tantôt à
l'ignorance , tantôt à la mauvaise vo-

lonté de sa nièce, des maux qu'il
souffrait. Rien de pis qu'un vieillard
infirme et d'humeur difficile ; il fatigue
tous ceux dont il pourrait espérer des
secours et des consolations, et, bientôt abandonné à des soins mercenaires,
il ne peut se dissimuler que ses derniers momens sont attendus avec impatience. La vieillesse n'a rien d'at-
trayant, que la patience et la résignation avec laquelle elle se soumet à sa
triste condition ; alors seulement elle
acquiert des droits à nos respects, et
nous regardons comme une dette sacrée les soins qu'elle réclame.

Après que monsieur Précourt eut
satisfait au besoin de son cœur, en
embrassant celle qui lui avait servi de
mère, il la présenta à la sienne, qui se
serait précipitée à ses pieds pour lui
marquer sa reconnaissance, si celle-
ci ne l'eût reçue dans ses bras ; elles se

tinrent long-temps embrassées. Que
dire, qui valût cette étreinte de deux
femmes dont la vie entière était con-
sacrée à faire tout le bien dont elles
étaient capables, qui couraient au-devant des malheureux, sans attendre
qu'elles en fussent requises ? Les âmes
de cette trempe s'entendent bien vîte,
se reconnaissent au premier coup
d'œil. Vous en eussiez fait autant, dit
la nièce à Margeline, au premier mot
qu'elle voulut prononcer. Il était si
gentil, si docile! Mon oncle était si
sévère, que le pauvre petit eût été
quelquefois bien malheureux!

—Sa sévérité, dit Précourt, m'a été
bien utile dans la position où j'étais.
Obligé des autres, elle m'a mis de
bonne heure en état de me suffire à
moi-même. Il est toujours possible de
tirer un grand parti de l'adversité:
c'est l'école de la vertu pour les hu-

mains. Les hommes qui se sont distingués parmi eux, ont toujours été instruits par elle : on se rappelle avec orgueil ses leçons, quand on a su les mettre à profit.

Le fâcheux vieillard revit avec plaisir son élève. Cette vue suspendit ses maux ; il apprit de même les divers incidens de sa vie, le félicita d'avoir enfin retrouvé celle dont il avait reçu le jour. Je vous félicite à mon tour, Madame, dit-il en s'adressant à Margeline : c'est un riche présent du ciel qu'un tel fils. J'en sais quelque chose; jamais enfant n'eut plus de qualités avec moins de défauts. Il m'a quelquefois trouvé bien sévère, mais plus d'indulgence aurait gâté cet heureux naturel, et vraiment c'eût été bien dommage !

Après l'avoir remercié comme elle le devait, Margeline dit au curé :

Croyez-vous, Monsieur, que la sévérité convienne également à tous les
caractères? — Je suis convaincu, Madame, qu'elle est au moins sans danger avec tous, au lieu que l'indulgence expose toujours les enfans à en
abuser pour leur malheur. Je ne connais pas d'exemple d'un seul enfant
perdu par trop de sévérité, et j'en ci-
terais mille par l'excès contraire. —
Vous ne fûtes pas père, Monsieur, et
vous ne pouvez juger ce qu'elle coûte
aux parens. — Je le crois, Madame,
et je suis persuadé que c'est bien plutôt pour s'éviter de pénibles combats
que les parens cèdent, que par une
véritable tendresse pour leurs enfans;
car enfin, quel est le but de tous les
honnêtes gens? de donner à la société des citoyens vertueux? Hé
bien! la vertu est-elle autre chose
qu'une lutte perpétuelle entre nos

penchans et la raison? Donc, pour
arriver au but désirable, il faut lutter
continuellement entre la tendresse paternelle et les défauts sans cesse renaissans de ceux qui nous sont confiés. On
en recueille à la fin des fruits bien
doux! Si j'eusse écouté Mademoiselle,
en désignant sa nièce, je n'aurais fait
rien qui vaille du meilleur sujet qui
soit au monde, au lieu que nous
sommes tous heureux et contens de
mon ouvrage.

Il fallut bien lui donner entièrement raison. L'entêté vieillard n'en
voulut rien rabattre; d'ailleurs les ré-
sultats plaidaient pour lui, et, fort de
la réussite, il ne pouvait réellement se
persuader que plus d'un moyen con-
duisent au même but. Monsieur le
curé félicita encore monsieur Précourt
sur son choix; Adélaïde le charma par
ses agrémens personnels et sa modes-

tie. Sa nièce la dévorait des yeux ; elle
lui demanda la permission de l'embrasser. Je n'osais, lui dit Adélaïde,
solliciter cette faveur. Que ne vous
dois-je pas, à mon tour, pour les soins
que vous avez prodigués à celui qui me
rend si heureuse ? Daignez y mettre le
comble en acceptant une retraite près
de nous ; que je voie autour de moi
tous ceux qui ont eu quelque influence
sur la destinée de mon cher Précourt.
Son mari la remercia d'un de ces regards qu'elle entendait si bien. La
nièce lui dit à demi-voix : Les infirmi-
tés de mon oncle le rendraient bien difficile à transporter.—Tout est facile,
lui dit Adélaïde, avec de l'argent et de
la bonne volonté, et, grâces au ciel,
nous avons l'un et l'autre.

Margeline applaudit à ce projet, et
promit de remplacer la nièce dans les
soins que demandait son oncle : Au

moins je pourrai m'acquitter en partie
de ce que je vous dois à tous deux , et
ma qualité d'étrangère l'obligera à
moins d'exigence et à plus de rete-
nue dans ses accès de mauvaise humeur, qui ne le soulagent nullement ,
et par-là nous y gagnerons tous. Le
curé fit mille objections , mais enfin
se laissa persuader par les supplica-
tions de tous ceux qui désiraient cette
réunion ; elle s'exécuta au temps mar-
qué pour leur départ , qui n'eut lieu
qu'après que Margeline se fut procuré
toutes les lumières qu'elle désirait sur
les événemens qui avaient précédé et
suivi la disparition de son fils.

CHAPITRE XV.

La sœur du ravisseur avait fait le
voyage de Paris pour savoir ce qu'é-
tait devenu son frère ; elle eut le chagrin d'apprendre qu'il était détenu à
Bicêtre pour ses méfaits ; elle apprit
de même que Valeri était en prison
pour dettes, où probablement il devait
achever les derniers et misérables restes
d'une vie odieuse. Il touchait de près
à la décrépitude, mêlé et confondu
parmi les malheureux prisonniers qui
n'ont que de l'eau, du pain noir pour
nourriture, et de la paille humide pour
lit de repos. Margeline pria cette
femme de l'accompagner à la prison
de son plus cruel ennemi. La vue de la
juste punition de tous ses crimes tou-

cha encore le cœur de la bonne Margeline, et, sans lui faire aucun reproche, elle le pria de lui apprendre sans réserve ce qui était venu à sa connaissance sur le sort de son fils, qu'elle croyait avoir retrouvé, et qui avait les moyens de le retirer de l'état fâcheux où elle le trouvait, s'il voulait être sincère dans ses récits.

Le malheur, le remords, l'extrême vieillesse, l'espoir d'un meilleur sort, l'engagèrent à tout révéler; il lui dit ce que nous savions déjà par la malheureuse Sylvie; puis il confirma de tout point ce qui était resté dans la mémoire de monsieur Précourt, qu'il avait entièrement perdu de vue après que son bienfaiteur l'eut rappelé près de lui. Il ajouta que son compagnon de scélératesse avait aposté un misérable comme lui pour lui faciliter les moyens de s'emparer de l'enfant, en

le séparant de sa bonne dans le moment où il lui échappa pour courir
après ses parens.

Hélas ! que vous avais-je fait , lui
dit Margeline , pour me rendre si
malheureuse ? — Ignorez-vous , Madame , les forfaits que l'amour a cau-
sés ? tous vos maux viennent de là. Le
prince n'en fut point exempt ; cependant je lui dois la justice qu'il était
entièrement revenu de son erreur lorsqu'il eut acquis la certitude que vous al-
liez être unie à un homme d'honneur ;
il s'était même proposé de vous faire à
l'un et à l'autre un sort brillant, qui
répondît à votre naissance. Je lui avais
juré sur tout ce qu'il y avait de plus
sacré que vous étiez bien réellement
sa fille. Une fois convaincu de cette
vérité , il avait renoncé à ses vues criminelles sur vous ; il fut fort affecté
lorsqu'il fut impossible de lui cacher

votre prétendue fuite. Elle s'est défiée
de moi, disait-il avec amertume, et il
est mort persuadé que vous aviez fui
volontairement avec votre époux. J'a-
vais été chassé une seconde fois de sa
présence pour récompense de mes
services passés : c'est ainsi que les
grands paient toujours les vils suppôts
de leurs plaisirs.

Il ne restait donc plus aucun doute
à Margeline que monsieur Précourt ne
fût réellement le fils qu'elle avait si
long-temps pleuré. Elle remercia encore son bourreau de n'avoir pas permis que son cher enfant portât la peine
de ses dédains envers lui, lui offrit
une petite somme pour se procurer
une meilleure nourriture et un gîte
plus sain : elle lui promit que sous
peu il sortirait de l'affreuse prison où
il languissait depuis si long-temps ; elle
lui apprit la mort de Sylvie et l'état af-

freux où elle l'avait trouvé. Vous êtes
vengée, Madame, de tous vos ennemis, à qui il n'est resté que la honte
et le remord. Je remercie le ciel d'avoir
prolongé ma misérable existence assez
long-temps pour vous demander le
pardon de tous mes forfaits.—Je vous
l'accorde de grand cœur, lui dit-elle,
en faveur du mal que vous n'avez pas
fait. Que le ciel vous pardonne de
même celui qui a précédé et suivi mes
malheurs ! ils sont finis : ma haine a
dû finir avec eux.

Les larmes du repentir coulèrent de
ses yeux cavés par la misère et la vieillesse ; il demanda à genoux la main de
sa bienfaitrice, qu'il posa sur son
cœur, n'osant la porter à ses lèvres.
Que le ciel répande sur vous et vos enfans autant de bien que j'ai à me reprocher d'iniquités ! C'est porter mes
vœux au dernier période du bonheur

pour celle qui daigne pardonner et
secourir le plus acharné de ses ennemis. Il expira à ses pieds, en pronon-
çant ces derniers mots.

Margeline crut que c'était une faiblesse causée par l'émotion de ce qui
venait de se passer ; elle lui prodigua
ses soins ; mais elle fut bientôt con-
vaincue qu'il avait cessé d'être. Cette
mort spontanée lui arracha des
larmes ; elle se retira , après avoir
donné quelques secours à ses malheureux compagnons d'infortune , et paya
de quoi lui faire rendre les derniers
devoirs d'une manière décente , se
rappelant dans ce moment qu'il avait
été le mari de sa mère, qui n'avait
cessé de l'aimer qu'en cessant de vivre.

Elle quitta ce lieu de misère , et
partit pour rejoindre les chers objets
de ses affections. Ne pouvant rien pour
le misérable qui lui avait enlevé son

4. 16

fils, elle fit rejaillir sur sa sœur tout ce qu'elle aurait fait pour le retirer d'où il était, si cela eût été possible ; mais il avait accumulé tant de forfaits sur sa tête, que c'en eût été presqu'un de chercher à le soustraire à la punition qu'il avait si longuement méritée. C'est un bonheur pour la société que la réclusion de pareils individus.

De retour près de ses enfans, Margeline embrassa son fils avec la plus vive tendresse, se reprochant, disait-elle, de n'avoir pas deviné son bonheur la première fois qu'elle l'avait vu. Est-il possible que mon cœur ne m'ait pas avertie que j'avais sous les yeux celui que je pleurais chaque jour ? Ce fut la seule de mes infortunes contre laquelle la raison fut impuissante ; j'aurais quitté la vie sans m'y résigner. Que la mort nous ravisse un enfant chéri, cette perte est cruelle, sans doute ; mais nous sommes avertis du moment qu'il vient de naître, qu'il doit mourir un jour, que ce jour est incertain ; alors nos regrets ont un terme qui, bien qu'éloigné, nous apparaît pourtant ; mais il n'en est pas, tant qu'il nous reste le désir et peut-être l'espoir de recouvrer un bien perdu.

Monsieur Précourt fit toutes les dispositions nécessaires afin de rendre faciles et commodes pour le vieux curé le trajet qu'il devait parcourir pour arriver à la terre de son élève. Cette terre devint un paradis pour ceux qui l'habitaient. Monsieur de Polbois avait prié sa mère de reprendre le nom de son second mari, comme il reprit celui de sa terre : elle avait eu quelque peine à s'y résoudre. Celui qu'elle portait lui rappelait le temps le plus heureux de sa vie, puisqu'il était celui

mais de répondre aux questions qui
seraient faites, que vous attendiez
sous peu vos enfans, afin de donner
entièrement le change sur ce qui vous
concernait. Je ne comprends pas encore comment vous pûtes échapper à
la vigilance de vos gardiens. Alors je
lui dis qu'après son départ, je n'avais
témoigné aucun regret, ni la moindre
curiosité, que j'avais senti la nécessité
de les renfermer en moi-même, pour
ne pas donner d'ombrage à mes sur-
veillans, qui ne me paraissaient pas
aussi ignorans qu'elle avait voulu me
le faire croire ; qu'ayant reçu, par le
ministère du rustre Blaise, un billet
après trois mois de captivité, qui m'annonçait qu'il netenait qu'à moi de
la faire cesser, le mal présent étant
toujours le pis, j'avais répondu, con-
formément aux désirs de ceux qui
m'écrivaient pour sortir d'un état que

je sentais ne pouvoir supporter plus long-temps, remettant au hasard et à la justice de ma cause les moyens d'éviter le sort dont j'étais menacée.

J'en étais là, lorsqu'une faiblesse que je crus la dernière de sa vie, mit Sylvie hors d'état de rien entendre, non plus que de m'en apprendre davantage ; je la quittai, et, le lendemain, lorsque je retournai pour la voir, j'appris qu'elle n'était plus ; je restai donc quelque temps dans la position où j'étais, vivant avec peine d'un travail peu lucratif, et qui mortifiait extrêmement mon orgueil. La fille d'un prince, réduite à vivre du travail de ses doigts ! exposée à tous les caprices de femmes bien vaines et bien sottes, qui ne se doutent pas des ménagemens que l'on doit à celles qu'on a le bonheur d'occuper, qui ne s'avisent jamais de supposer que, sous

l'humble condition d'une ouvrière,
se cache souvent un être né dans une
classe privilégiée, que des grands malheurs ont précipité de bien haut ; et
qui, pour satisfaire à toutes leurs
fantaisies, disputent encore à cette
malheureuse une partie du faible sa-
laire dont elles étaient convenues. Le
travail en soi-même n'a rien de pénible
ni d'humiliant ; ce qui le rend tel,
n'est que la manière dont en usent
ceux qui le paient. À Paris, celui que
la fortune a mal traité, qui est né dans
l'aisance, s'y trouve au supplice ; chaque pas qu'il fait lui rappelle ce qu'il
a perdu ; les objets de luxe, sans cesse
exposés à ses regards, le ramènent sur
le passé, et lui font du présent un
tourment insupportable ; il ne jouit
pas même de ce qu'il possède par le
regret de ce qu'il a perdu : toute la
philosophie possible ne défend pas con-

tre cette faiblesse trop naturelle pour n'être pas excusable.

Je me faisais sans doute les plus beaux raisonnemens du monde ; je me blâmais, dans un moment, de ce dont je m'applaudissais dans l'autre : je croyais regarder du haut de ma grandeur les femmes dont je viens de parler, tandis que, dans le fait, je m'en laissai imposer involontairement à l'aspect du luxe qui les entourait. Combien de fois, en sortant de chez moi pour aller chez elles, je méditais dans ma route un beau discours dont je perdais le fil à la seule approche de l'hôtel qu'elles habitaient ! Je faisais antichambre, confondue parmi des laquais plus insolens que leurs maîtresses qui allaient et venaient en frédonnant des airs de Pont-Neuf, ricanant entre eux, de moi peut-être, du moins je me le figurais ainsi.

J'avais des connaissances ; aucune

4. 17

n'était de mon goût. Pauvres , elles en avaient le ton et le langage ; plus aisées, elles avaient l'air de me protéger. Des amis ! ils n'en ont pas dans cette position mixte, Je n'avais à donner que mes services. Le temps que je donnais à celui des autres , était autant de prix sur un bien précieux pour moi, puisqu'il faisait toute ma richesse.

Cette manière d'être me devenant chaque jour plus insupportable , je me ressouvins de ma chère hôtesse flamande ; elle avait vécu heureuse et honorée dans un village. Sans luxe , sans orgueil, sans bassesse , parmi ses égaux , utile aux grands comme aux petits , elle était également bien vue de tous. Je formai le projet de quitter ce Paris qui me rappelait des jours si disparates entre eux , et d'aller finir ma vie dans quelque endroit qui m'offrît les ressources dont j'avais encore be-

soin. Absolument ignorée , je ne sentirai plus le besoin des jouissances de
la fortune , qui, semblables au vau-
tour de Prométhée , me déchiraient
le sein ; j'eus encore bien des combats
à soutenir avec moi-même avant de
m'accorder sur le genre de vie que je
devais mener. Un des grands inconvéniens de la province est la curiosité
qu'inspire toujours une étrangère qui
tombe , pour ainsi dire , des nues.
Cette curiosité n'est jamais bienveillante ; il faut bien du temps pour obtenir qu'on vous oublie ; le désœuvre-
ment vous livre une rude guerre. J'é-
tais d'âge à savoir tout cela ; j'avais
quarante ans ; mes chagrins m'en
avaient donné dix de plus. Un autre
obstacle pour moi était la minutie
des pratiques religieuses : on est , à
cet égard , bien moins libre partout
ailleurs qu'à Paris ; aussi fus-je obligée

de voyager trois ans sans pouvoir me
fixer. Ce ne fut que dans ce pays que je
trouvai la tolérance dont j'avais besoin.

Quand je fus entièrement décidée,
je vendis tout ce que je possédais;
j'en fis une petite somme sans doute,
mais cependant suffisante pour me
donner les moyens de vivre jusqu'à
l'entière exécution de mon projet, en
me réduisant au simple nécessaire,
dans toute l'acception du mot; je la
convertis en or, et je partis avec mon
chétif trésor. J'avais pris des vêtemens
conformes à ce que je méditais; j'étais
habillée à la manière des plus pauvres
paysans; j'en étudiai le langage, les manières, avec plus de soin que je n'avais
jamais fait ceux de la ville. Malgré ce
double déguisement, ce que j'avais
été perçait malgré moi. Que de con-
tes et d'absurdités on répandit sur moi

dans les endroits où j'ai fait quelque
séjour ! La malveillance semblait me
servir d'escorte , et me précédait.
J'étais sur le point de renoncer à mon
projet ; je le traitais de folie. Pourquoi
me singulariser ? J'étais plus heureuse
à Paris , du moins j'y vivais à ma guise.
Une heureuse indifférence me mettait
à l'abri des commentaires. Oui : mais
j'y étais seule au monde ; je n'y tenais
à rien ; je sentais que , si je venais à
bout de surmonter tous les obstacles
que je rencontrais à chaque pas , ces
mêmes commentaires répandraient
un certain intérêt sur moi ; on s'en
occuperait , et , en faisant tout ce qui
dépendrait de mes facultés pour me
rendre utile , j'attirerais sur moi une
bienveillante attention qui tournerait
par la suite toute à mon avantage.

Persévérance vient à bout de tout ,
dit La Fontaine. En arrivant dans

ce pays, je compris qu'en mettant le
curé dans mes intérêts, je gagnerais
bien du terrain. Mon heureuse étoile
voulut que je rencontrasse un homme
juste, ennemi des petitesses, ami de
la paix, faisant tout pour la maintenir
parmi ses ouailles, honoré comme il
le méritait ; je le mis dans mes secrets
autant qu'il était urgent pour mes vues
ultérieures. Il ne demanda pas au-delà.
Une année me fut nécessaire pour inspirer la confiance que je désirais et
méritais peut-être ; car enfin je voulais trouver les moyens d'exister, mais
non empiéter sur les droits des pauvres. Je désirais être utile à tous, pour
attirer sur moi quelques regards de
bienveillance, qui m'étaient refusés
depuis tant d'années. Mes vœux furent
enfin exaucés. Je fus largement payée
des soins que je donnais à ceux qui les
éclamaient ; je voyais la joie se pein-

dre sur les traits des malheureux à qui
j'avais consacré ma vie. Més besoins
étaient prévenus par les plus aisés ; les
riches me visitaient alors sans cette
morgue insupportable qu'ils ont avec
ceux qui dépendent d'eux ; en un mot,
j'étais aussi contente de mon sort, que
le permettaient mes douloureux souvenirs. Cependant le ciel m'est témoin
que tous mes regrets se réunissaient
sur mon fils !

Monsieur Précourt tomba dans les
bras de cette tendre mère en la remer-
ciant de sa complaisance. Jamais, lui
dit-il, je ne pourrai vous dédomma-
ger de toutes les peines que je vous ai
causées. — Au sein du bonheur, lui
dit-elle, le malheur passé n'est plus
qu'un songe qui s'oublie facilement.
Il n'en est pas de même lorsqu'il nous
poursuit ; le bonheur passé revient
sans cesse à notre mémoire pour nous
rendre plus cuisans les maux présens.

Nous ne voulons pas tenir compte au
destin des jours heureux qu'il nous a
départis ; nous lui pardonnons plus
facilement les jours sombres, quand
l'horizon s'est éclairci pour nous.

Le temps des couches d'Adélaïde
arriva ; elle mit au monde un fils qui,
par sa naissance, mit le comble au
bonheur de ces cinq personnes. Madame de Polbois le nourrit elle-même;
le vieux curé fut son parrain avec sa
respectable grand'-mère, qui avait
trouvé le secret d'adoucir l'humeur
intraitable du vieillard souffrant. La
bonne nièce voulut être la berceuse
du rejeton de son cher Emmanuel.
Madame de Polbois lui représenta en
vain que son âge demandait un repos
que les cris du nourrisson interrom-
praient souvent; elle remplit cette
pénible tâche avec un zèle qu'on aurait peine à obtenir en la payant bien

cher. Cet enfant devint l'objet des plus tendres soins, l'objet chéri des affec-tions de toute cette famille. Sur lui reposaient toutes les espérances; on se disputait ses premiers regards, son premier sourire, jusqu'au moment qu'une jolie petite sœur vint partager, sans l'affaiblir, la tendresse des meil-leurs parens qui fussent au monde.

Lorsque monsieur de Polbois eut entièrement liquidé les dettes des pa-rens de son épouse, il doubla leurs revenus, pour les mettre plus à l'aise dans leur vieillesse, qui s'approchait sans avoir rien changé à leurs goûts dominans; mais il ne crut pas devoir faire une nouvelle tentative pour les rapprocher de lui; il craignait avec raison que leur présence ne troublât la paix et le bonheur qui régnaient dans sa maison. Il se disait, en contem-plant sa mère et son épouse : Elles

ont tant souffert, qu'il est juste de ne
rien faire qui puisse porter atteinte à
la tranquillité dont elles jouissent ; je
ne dois rien au-delà à monsieur et madame Liénard.

Malgré qu'il eût cru devoir cacher
à ses concitoyens sa véritable origine,
le bruit s'en était répandu. Monsieur
de Polbois, petit-fils d'un prince,
avait acquis un degré d'importance de
plus aux yeux de la multitude qui tient
rarement compte à un homme de ses
qualités personnelles, et ne s'attache
qu'à de vains titres qui ne dépendent
jamais de lui. Monsieur de Polbois,
loin de s'enorgueillir du sien, mit tous
ses soins à le faire oublier. Modeste
dans la prospérité, généreux, bienfaisant, attirant chez lui, sans distinction de rang et de condition, tous
ceux qui se distinguaient par leurs lumières et par leurs bienfaits dans quel-

que classe qu'ils fussent, il se joignait aux plus riches pour faire des établisse- mens utiles qui procurassent de l'oc- cupation, et une solide instruction aux pauvres, pour les préserver du vice comme de la misère.

Sa mère servit encore long-temps de guide et de modèle à sa nombreuse famille; elle parvint sans aucune in- firmité à une extrême vieillesse; elle termina sa longue et vertueuse carrière dans les bras de ce fils qui lui était si cher, qu'elle avait retrouvé dans le temps où elle avait absolument perdu tout espoir de le revoir jamais. Ce fut pour elle, sans doute, que furent faits les deux beaux vers de Chénier, qui terminent la tragédie de Fénélon :

« Qu'il faut se résigner devant la Providence,
« Et qu'il n'est jamais temps de perdre l'espérance. »

FIN DU QUATRIÈME ET DERNIER VOLUME.

~~~~~~

POST-FACE.

QUEL bien ou quel mal résulte-t-il du silence des journaux sur un ouvrage quelconque ?

Je me suis fait vingt fois cette question lorsqu'il me prit la fantaisie d'écrire ; j'avais vu dénigrer les meilleurs ouvrages, et louer outre mesure de bien mauvais. A quoi cela tenait-il ? L'expérience est venue me l'apprendre ; elle apprend tant de choses !

Lorsque mon premier ouvrage parut, j'attendis assez patiemment huit grands mois, au bout desquels on vint me prévenir que madame de***, collaborateur d'un journal, allait me punir ou m'absoudre de ma fantaisie ; on m'engagea même à lui faire une visite *à l'effet* de me la rendre favorable. Je crus devoir n'en rien faire ; j'en

porlai la peine ; je voulais savoir au
juste ce que mon redoutable censeur
pensait. Madame de *** pensa..... et
dit, (c'est là le pis) : « que *Caroline*
l'avait ennuyée, et que, pour ne pas
faire de même, elle abrégeait analyse
et critique. »

Madame de *** pouvait avoir raison
sans que j'eusse, moi, le droit de m'en
plaindre.

La *Rencontre au Luxembourg* n'en
suivit pas moins *l'ennuyeuse Caroline*. Une dame de mes amies, qui
avait pour convive habituel un des
collaborateurs d'un autre journal aussi
estimé qu'il est généralement répandu,
me proposa d'y faire insérer une note
avantageuse. Quel auteur assez coura-
geux pour refuser une pareille proposition !

Je lui remis avec empressement un
exemplaire, pour l'offrir de ma part

à mon généreux protecteur, que je crus tout bonnement *assez payé* du plaisir de lire mes cinq volumes, dans lesquels se trouvaient *quatre bonnes femmes.*

Eh bien ! point du tout. Pour rendre compte de mon ouvrage, ce monsieur ne devait pas même le lire, puisqu'il m'en fit demander l'analyse exacte. Je la lui portai d'assez mauvaise grâce, je l'avoue ; j'eus pourtant la prudence de faire bonne contenance, de manière qu'après bien des allées et venues, des demandes de ma part, des promesses de la sienne, il me fit entendre le plus poliment du monde ce qui manquait à ma requête pour y faire droit.

Quelle chûte ! Alors j'appris à mes dépens que, pour obtenir place dans un journal, il faut trois choses qui me manquent toutes trois, *un talent su-*

périeur, *de l'argent* ou *des ennemis intéressés à nuire à un auteur*, et qui paient largement pour se procurer cette petite jouissance. Les *Inconvéniens du Célibat* furent aussi annoncés gratuitement : il n'est rien qui n'y paraisse.

FIN.

www.ingramcontent.com/pod-product-compliance
Lightning Source LLC
Chambersburg PA
CBHW051825020726
47502CB00005B/1634